ZHIRUTO

EINE SCIFI ALIEN ROMANZE

INTERGALAKTISCHE PARTNERVERMITTLUNG: VERSTEIGERT AN DIE ALIENS

TAMSIN LEY

Twin Leaf Press

Lektorat: Christian Popp

ISBN: 978-1-950027-80-4

Twin Leaf Press
PO Box 672255
Chugiak, AK 99567

VORWORT

Lieber Leser,

in diesem Buch finden sich einige Alien-Begriffe, weshalb ich gleich zu Beginn auf das Glossar am Ende des Buches hinweisen möchte. Auch Erklärungen zu verschiedenen Alien-Arten, die Dir in dieser Serie über den Weg laufen werden, stehen dort für Dich zur Verfügung. Viel Spaß beim Lesen!

Tamsin

EINS

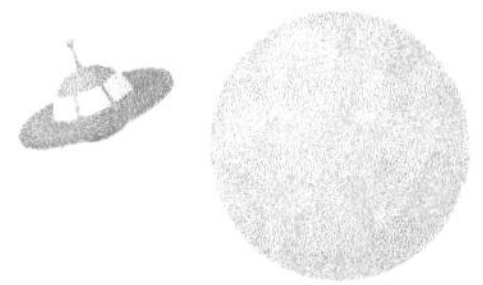

Lora goss zwei Gläser Champagner ein und bot dem blauhäutigen Mann, der ihr gegenüber am Tisch saß, eines an. Sterne funkelten über ihren Köpfen und ein paar Anwesende hatten sich von der Band zur Tanzfläche locken lassen. Sie musste Georgie Anerkennung zollen: Die außerirdische Wohltätigkeitsauktion war bisher ein voller Erfolg und hatte mehr Geld für das Tierheim gesammelt als alle vorherigen Spendenaktionen zusammen. Auch musste sie zugeben, dass ihre Sorge um ein Date mit einem großäugigen, sechsarmigen Alien aus Area 51 unbegründet gewesen war.

Jeder Außerirdische bei der Auktion war absolut heiß – wenn sie denn Aliens waren. Sie hatte immer noch ihre Zweifel, obwohl ihre blaue Haut erstaunlich realistisch aussah.

Angeblich waren Außerirdische vor einigen Jahrzehnten in Peking gelandet, hatten sich vor den Kameras gezeigt, mit ein paar Würdenträgern gesprochen und waren dann wieder spurlos verschwunden. Die meisten Leute glaubten, dass der Besuch ein Schwindel gewesen war, aber Georgie hatte darauf bestanden, dass diese Sache mit der *Intergalaktischen Partnervermittlung* legitim sei. Zudem erinnerte sie sich sehr gut daran, wie Georgies Mutter immer wieder von einer Entführung gesprochen hatte. *Egal.* Lora war bereit, mitzuspielen – um Geld für das Tierheim zu sammeln.

Ihr Date trug einen marineblauen Anzug und wäre glatt als breitschulteriges Mitglied der Blue Man Group durchgegangen – inklusive Kahlkopf. Sie musste sagen, dass es sie leicht aus dem Konzept brachte, wie schweigsam er war.

Sie versuchte, außerirdischen Smalltalk zu initiieren, und fragte: „Also, warst du schon mal auf der Erde?" Sie schob ein Champagnerglas auf ihn zu und wickelte Peppers Leine enger um ihre freie Hand. Sie bereute es, den schlaksigen Mischlingshund mitgebracht zu haben – der Außerirdische stierte ihren Hund regelrecht an.

Schließlich richtete ihr Date seinen Blick auf sie. Seine Augen waren vollkommen schwarz, woran sie sich wirklich erst gewöhnen musste. „Nein."

Im nächsten Moment wurde der Abend durch einen markerschütternden Schrei an dem Tisch hinter ihr unterbrochen. Einen Wimpernschlag später bebte der Körper ihres Dates. Nicht wie bei jemandem mit Schüttelfrost oder einer Person mit Parkinson. Er bebte, als wäre sein Körper aus Wackelpudding. Dann fiel er in sich zusammen, reduziert auf einen Haufen glitzernden, blauen Schleims.

Lora schnappte nach Luft, stand auf und brachte ihr purpurrotes Ballkleid aus der Nähe der geleeartigen Flüssigkeit, die von seinem Sitz tropfte. *Oh, zum Teufel nochmal. Nein, einfach nein.* Georgie hatte versprochen, dass es keinen Schleim geben würde.

Ihr Date – oder was von ihm übrig war – landete mit einem Plopp im Gras.

Weitere Schreie waren von den anderen Tischen zu hören. Mit klopfendem Herzen schaute sie sich um. Wo sie auch hinsah, lösten sich blauhäutige Aliens auf. Ein weißer Pudel lief an ihr vorbei und zog seine Leine hinter sich her. Eine Frau folgte und schrie: „Todesstrahlen!"

Die meisten der interstellaren Gäste hatten wie blaue Menschen ausgesehen. Die einzige Ausnahme waren die beiden grauen Aliens mit Hörnern und Flügeln, die sich nun auf der Bühne eingefunden hatten. Einer von ihnen hob ab – oh ja, er flog! – und schlug etwas aus der Luft.

Lora starrte ihn mit offenem Mund an. Jeder Zweifel daran, ob sie wirklich Aliens gegenüberstand, hatte sich damit aufgelöst.

Eine Drohne schlug mehrere Meter entfernt von ihr auf den Boden. Ein kleines rotes Licht blinkte auf der Unterseite und auf einem der Rotorarme prangte Mini2. *Also keine Todesstrahlen.* Nur ein Amateur, der versuchte, an Filmmaterial von der Soiree zu kommen. Und definitiv nicht die Ursache für die Verschleimung. Natürlich stellte sich jetzt die Frage, wer sie angegriffen hatte und von wo?

Sie drehte sich um ihre eigene Achse und suchte nach einem Schützen. Gleichzeitig fischte sie nach ihrem Handy, das sie im Mieder ihres Kleides versteckt hatte. Verdammt! Sie hätte Georgies Beharren darauf, dass eine Polizeiuniform nicht angemessen für eine derartige Veranstaltung wäre, ignorieren sollen! Noch immer damit beschäftigt, ihren neugierigen Hund von dem außerirdischen Schleim fernzuhalten, rief sie die Zentrale an.

Eine automatisierte Stimme sagte: „Alle Leitungen sind belegt. Bitte versuchen Sie es später noch einmal."

„Fuck." Sie schob das Telefon wieder in ihr Mieder und beobachtete, wie Frauen in Ballkleidern über umgestürzte Stühle, Haustiere und einander stolperten, um der Situation so schnell wie möglich zu entkommen.

Hoch über der Menge ragend entdeckte sie breite blaue Schultern und fließende marineblaue Haare – ein Alien, das sich zu dem Brunnen im Park aufmachte. Er schien der einzige überlebende blaue Außerirdische auf der Party zu sein. War er für den Angriff verantwortlich, oder versuchte er, ihm zu entkommen?

Leise fluchend folgte sie ihm in ihren hohen Absätzen, navigierte dabei an den verlassenen Tischen vorbei. Pepper wollte anhalten und an jedem umgestürzten Stuhl und jeder weggeworfenen Serviette schnuppern, und so war Lora gezwungen, an der Leine zu ziehen, um Gehorsam zu erzwingen. „Pepper, bei Fuß."

Am Himmel zeigten sich zwei Hubschrauber, die mit ihren Scheinwerfern über die Tische schwenkten, während sie auf dem Rasen hinter der Bühne zur Landung ansetzten. Jemand musste beim Notruf durchgekommen sein. Ihr Bauchgefühl lenkte sie wieder zu dem blauen Außerirdischen, der vom Schauplatz geflohen war.

Sie eilte über den Pfad zum Brunnen und folgte den Lichterketten, die Georgie aufgehängt hatte, um den Abend romantischer zu gestalten. Ihre arme Freundin musste außer sich sein. Schließlich war dies ihre erste große Veranstaltung, die sie organisiert hatte.

Pepper entdeckte einen freilaufenden Hund, steuerte nach links und riss Lora mit sich. Lora hatte sie bei einem Hundekurs angemeldet und ihr beigebracht,

Gerüchen zu folgen, aber der Hund war verdammt eigensinnig. „Nicht jetzt, Pepper." Lora biss die Zähne zusammen und packte die Leine fester.

Sie hob den Blick und sah, dass der blaue Außerirdische nun auf sie zukam. Er überragte sie trotz der zusätzlichen Höhe ihrer Pumps. Plötzlich wurde ihr bewusst, dass sie weder eine Waffe noch Handschellen bei sich trug. Nicht mal ein Funkgerät hatte sie an sich, mit dem sie um Hilfe rufen könnte. Entschlossen hob sie eine Handfläche. „Springfield Police. Stehen bleiben!"

Er hielt ein paar Schritte entfernt von ihr an. Seine muskulöse Brust war nackt, schmale Hüften zeigten sich in einer blauen Hose und Stoppeln sprenkelten seinen Kiefer.

Ihr Mund trocknete aus. Sie konnte nicht sagen, worauf seine ernsten schwarzen Augen fokussiert waren, aber trotz des umliegenden Chaos fühlte es sich an, als würde er sie mit seinem Blick ausziehen. Ungeahnte Begierde erfüllte sie, als sie darüber nachdachte, wie sich diese Stoppeln an der empfindlichen Haut ihrer Schenkel anfühlen würden. *Falscher Moment, falscher Kerl, Lora.* Aber verdammt, wenn er nicht der sexieste Alien-Mann aller Zeiten war.

Neugierig wie immer stürmte Pepper nach vorne, um den Fremden zu begrüßen.

Die plötzliche Richtungsänderung brachte Lora aus dem Gleichgewicht und sie knickte in den hohen Hacken um. Die Leine wurde aus ihrem Griff gerissen und sie fiel. Instinktiv streckte sie die Arme aus, um sich abzufangen.

Der Außerirdische leitete den Hund um und schaffte es sogar, Lora vor einem Sturz zu bewahren. Seine großen Hände fühlten sich warm an ihren nackten Armen an, und sie hatte seine unbekleidete blaue Brust direkt vor ihren Augen. *Verdammt.* Er war so durchtrainiert. Er roch sogar sexy, nach warmen Gewürzen und einem Hauch von Leder. Ihre Knie fühlten sich plötzlich wie Wackelpudding an, und das nicht nur von dem Sturz, der sie beinahe niedergestreckt hätte.

Sie hob ihren Blick, begegnete seinen durchdringenden schwarzen Augen und schluckte schwer. *Reiß dich zusammen, du Idiot.* Aber ihre Beine waren zu schwach, um ihr Gewicht zu tragen.

„Du bist verletzt", sagte er. Seine Stimme hatte eine rauchige Tiefe, die direkt zu ihrer Mitte schoss.

Was lief nur falsch mit ihr? Dieser Kerl reduzierte sie zu einer sabbernden Idiotin. Zumindest schien er nicht vorzuhaben, ihr wehzutun.

„Das wird schon. Ich muss nur diese Schuhe ausziehen." An seinem Arm stützte sie sich ab und schlüpfte mit dem verletzten Fuß aus dem Pump. Als sie aber versuchte, den Fuß zu belasten, sodass sie den anderen Schuh ausziehen konnte, machte sich der Schmerz in ihrem Knöchel bemerkbar. Stöhnend fiel sie auf ihre Knie.

Pepper sah dies als Einladung zum Spielen und rammte von vorne gegen sie, sodass Lora auf dem Rücken landete. „Pepper, nein! Hör auf damit!"

Gott, ging es noch peinlicher? Sie schlang einen Arm um Pepper, um sie unter Kontrolle zu halten, und schaffte es wieder auf die Knie. Nur nicht an die Grasflecken denken, die wahrscheinlich jetzt ihr teures Kleid verzierten.

Der Außerirdische erstarrte plötzlich und sie befürchtete, dass sie nun ansehen müsste, wie sich auch er in Schleim auflöste. Stattdessen hob er seinen Arm, und wie in einem Science-Fiction-Film erschien ein halbtransparenter Bildschirm über seinem Handgelenk. Das blaue Gesicht eines anderen Aliens schwebte in der Luft und sprach in einer Sprache, die Lora nicht verstand. Dann hörte sie eine vertraute Stimme. „Lora! Geht's dir gut?"

„Georgie?" Lora ließ Pepper los, packte den ausgestreckten Arm des Aliens und zog sich auf die Füße. „Wo bist du?"

Der große blaue Mann runzelte die Stirn und zog seinen Arm aus ihrem Griff, sodass der Bildschirm wieder auf ihn gerichtet war. Nach ein paar weiteren Worten mit dem anderen Alien löste sich der Bildschirm in Luft auf.

Lora griff erneut nach seinem Arm. „Das war meine Freundin! Was habt ihr mit ihr gemacht? Was ist hier los?"

Der Außerirdische legte den Kopf auf die Seite und schien einen Moment zu brauchen, um ihre Worte zu verarbeiten. Da sie ihm nun so nah war, erkannte sie, dass seine Augen nicht schwarz waren, sondern tiefblau ohne auch nur das geringste Anzeichen auf Weiß. Seine Nase war leicht schief, als hätte er sie sich mal gebrochen.

„Deine Freundin ist in Sicherheit. Sie ist beim Prinzen.“

„Prinz?“ Lora starrte ihn an. „Welcher Prinz? Erzähl schon!“ Sie humpelte einen Schritt auf ihn zu und knirschte schmerzerfüllt mit den Zähnen.

Ohne Vorwarnung hob der Außerirdische sie in seine Arme und lief mit ihr zur Bühne zurück, von wo die Rotoren des Hubschraubers zu hören waren. „Jemand hat versucht, den Prinzen zu ermorden. Ich muss den Verantwortlichen finden.“

Lora klammerte sich an seinen Hals. Sie war nicht gerade die zierlichste Frau aller Zeiten und doch trug er sie, als wäre sie leicht wie eine Feder. „Welche Art von Waffe verwandelt Leute in Schleim?“

Bevor er antworten konnte, rief die Stimme eines Mannes: „Hey! Sie! Kommen Sie mit!“

Sie entdeckte zwei Männer in schwarzen Anzügen und sie kamen direkt auf sie zu. Wahrscheinlich vom FBI. Und hier war sie nun, wie eine Jungfrau in Nöten in den Armen eines blauen Aliens. *Tolle Art, ihre Polizeiwache zu repräsentieren.* Das würden sie die Jungs niemals vergessen lassen.

Sie tätschelte die Schulter des Aliens. „Lass mich bitte runter."

Er zögerte, konzentrierte seinen Blick auf die Männer und stellte sie dann sanft auf die Füße.

Sie belastete lediglich ihren heilen Knöchel und griff in ihr Mieder, um ihre Polizeimarke herauszuziehen. „Springfield P –"

„Waffe!" Der Kleinere von ihnen zog seine Pistole.

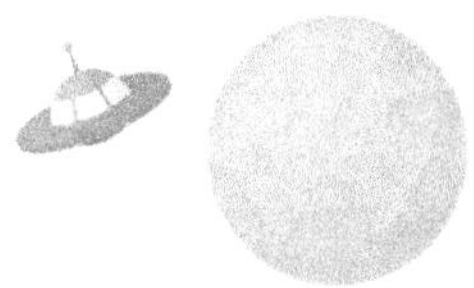

Zhiruto sprang an der Menschenfrau vorbei, packte die Waffe des Mannes und zwang ihn zu Boden. Er konnte nur daran denken, die Frau zu beschützen. *Meine Frau.*

In dem Moment, in dem er sie berührt hatte, wusste er, dass sie seine perfekte Gefährtin war. Diese Erkenntnis hatte ihn so sehr abgelenkt, dass er sein Teleportationsfenster verpasst hatte. Jetzt saß er hier fest und beschützte eine Frau, die er nicht kannte und die ihm auch nicht gehörte, die aber seine Aufmerksamkeit auf die ursprünglichste Weise erregt hatte.

Meine Gefährtin.

Der Menschenmann, den er gerade am Boden festnagelte, schied Aggressionen aus wie ein kryillianischer Todesschwarm. Der größere der beiden Männer schien eher nervös als feindselig zu sein, als er seine eigene Waffe zog, sodass Zhiruto entschied, ihn zu ignorieren. Wenn der Mann das primitive Projektil abfeuerte, wäre es nicht die Frau, sondern Zhiruto, der es abbekommen würde. Die sich verändernde Matrix eines Kirenaianers könnte den Schuss absorbieren – er war sich sicher, dass die Physiologie der Menschenfrau dies nicht konnte.

„Aufhören!", rief die Frau. „Tu ihm nicht weh!"

Der Universalübersetzer wurde noch aktualisiert, und Zhiruto war nicht ganz klar, ob sie mit ihm oder den anderen Männern sprach. Er entschied, sich auf den Mann zu konzentrieren, den er in der Gewalt hatte, und erhob das Wort: „Ich beabsichtige nicht, Schaden anzurichten."

Der größere Menschenmann sagte mit zittriger Stimme: „Lassen ... Sie ihn gehen."

Zhirutos Iki'i – seine empathische Macht typisch für Kirenaianer wie ihn – juckte mit den Emotionen, die um die Menschen wirbelten. Die Frau hatte gesagt, sie sei bei der Polizei – ein menschlicher Begriff, den er als Autorität anerkannte. Er sah zu ihr. „Soll ich ihn freilassen?"

Sie klammerte sich an eine Art goldenes Amulett in Form eines winzigen Schutzschildes, das ihr um den Hals hing. „Noch nicht." Sie richtete ihre Aufmerksamkeit auf den größeren Menschenmann. „Ich weiß nicht, was Sie sich bei dieser Sache gedacht haben, wenn ich doch versucht habe, mich auszuweisen." Sie hob das Amulett. „Lora Griffin, Springfield P.D. Wer zum Teufel sind Sie?"

Eine Welle der Eifersucht stieg in Zhiruto auf. Sie hatte sich nicht einmal die Mühe gemacht, nach seinem Namen zu fragen. Diesen Fehltritt musste er so schnell wie möglich beheben.

Der Mann senkte langsam seine Waffe und zog eine schwarze Brieftasche aus seiner Jacke. „Agent Richfield. National Security."

Loragriffin machte einen hinkenden Schritt, um einen genaueren Blick werfen zu können, wodurch Zhirutos Besitzgier ihn regelrecht übermannte. Er musste sich unter Kontrolle bringen, bevor sein Drang ihn dazu brachte, etwas Unüberlegtes zu tun.

Sie prüfte die Brieftasche, nickte dann, und richtete schließlich den Blick wieder auf Zhiruto. „Sie gehören zu der NSA. Du kannst ihn gehen lassen."

Widerwillig löste Zhiruto seinen Griff und trat zurück. Der Mensch, den er festgehalten hatte, stand auf und rieb mit den Händen über das Revers seiner Jacke. „Der Außerirdische muss mit uns kommen."

Zhiruto erstarrte. Er würde nicht zulassen, dass diese NSA – was auch immer das war – ihn vor Loragriffin wie einen Niemand behandelte. „Ich bin Zhiruto Miru, Sicherheitschef von Kronprinz Arazhi Yazhu. Bringen Sie mich sofort zu Ihrem Anführer."

Der kleinere Menschenmann lachte laut los. „Ach?" Er drehte sich zu dem anderen Mann. „Er hat doch gerade wirklich gesagt, dass wir ihn zu unserem Anführer bringen sollen."

„Was soll er denn sonst sagen?" Loragriffin unterbrach die beiden, so selbstbewusst wie eine Gebieterin, die ein königliches Edikt erließ. „Bringen Sie uns einfach zu der Person, die hier das Sagen hat."

Zhiruto konnte sein Lächeln nicht zurückhalten. Sie war großartig.

Der kleinere Mann ließ den Blick mit unverhohlener Verachtung über sie schweifen und warf dann einen Blick auf Zhiruto, bevor er nickte. „Hier entlang.“

Zhiruto sehnte sich danach, dem Mann eine Lektion zu erteilen, aber Loragriffin rief das Wort Pepper und pfiff, wozu sein Übersetzer keine Interpretation hatte. *Signalisieren Menschen auf diese Weise, dass sie Schmerzen haben?* Oder vielleicht war Pepper ein Analgetikum. Er hatte keine Schmerzmittel bei sich, aber er bot erneut an, sie zu tragen.

Sie lehnte ab und rief weiter das Wort Pepper, während sie den Männern humpelnd folgte.

Er war von ihrer Stärke hin und weg. Als sie sich auf der Bühne angeboten hatte, war ihm das bereits aufgefallen, und er hätte auf sie geboten, wenn er nicht bereits eine Frau ersteigert hätte – nicht, dass er eine Leibeigene für sich selbst haben wollte. Kaiserin Vella hatte ihm den Auftrag gegeben, eine Ersatzfrau zu erwerben, falls der sture Prinz sich keine kaufte. Während des Durcheinanders hatte er seine neue Leibeigene aus den Augen verloren, aber das spielte keine Rolle mehr. Jetzt, da er wusste, dass der Prinz eine Frau für sich gewinnen konnte, würde Zhiruto sie sowieso gehen lassen.

Lieber verbrachte er seine Zeit auf der Erde mit Loragriffin.

Die Männer der NSA führten sie an den Tischen vorbei, wo getötete Kirenaianer leblose, hellblaue Pfützen im Gras bildeten. Keine der Formen in der Nähe der Tische schien sich zu bewegen oder zu versuchen, eine Gestalt anzunehmen. Bei der Erkenntnis wurde Zhiruto von Bestürzung ergriffen. Als Gestaltwandler konnten seine Leute das Aussehen jeder Art in der Galaxie annehmen, aber ihr natürlicher Zustand war eine formlose Zellmatrix, die Menschen mit einer Amöbe assoziieren würden. Ein Kirenaianer benutzte diese Form nie in der Öffentlichkeit, jedoch gab es einige Giftstoffe, die einen dazu zwingen konnten – vor allem das Gift, das den Kaiser kürzlich geschwächt hatte. Könnte dies durch das gleiche Gift verursacht worden sein? Und warum hatte die *Intergalaktische Partnervermittlung* keine Heiler geschickt, die sich um die Gefallenen kümmerten?

Umzingelt von bewaffneten Männern in Tarnkleidung stand nicht weit von den Tischen, in der Nähe der Bühne, eine Gruppe von Menschen mit ihren Vierbeinern. Einige der Vierfüßler bellten. Zwei Frauen schluchzten, während eine andere mit den

Wachen sprach und etwas verlangte, das sie *Handy* nannte. Sein Universalübersetzer schickte ihm widersprüchliche Interpretationen dessen, was das Wort bedeutete, und er tippte gegen das Implantat in seinem Handgelenk, frustriert darüber, dass die Menschen so viele Sprachen und Redewendungen hatten, die die Übersetzungsdatenbank noch nicht analysiert hatte.

Loragriffins Vierbeiner erschien in der Menge, in Schach gehalten von einer Frau mit obsidianfarbenen Haaren und einem burgunderroten Kleid. Erleichterung wehte von Loragriffin an sein Iki'i. „Kannst du kurz auf Pepper aufpassen, Maise? Ich bin im Dienst."

Die Frau namens Maise antwortete: „Sicher!"

Pepper ist der Name ihres Vierbeiners, erkannte Zhiruto.

Als er auf dem Planeten angekommen war, hatte er angenommen, dass die pelzigen Säugetiere für die Weibchen verantwortlich waren, angesichts dessen, wie sich die Menschen ihnen zu beugen schienen. Nachdem er jedoch versucht hatte, mit einem zu sprechen, hatte er erkannt, dass die Kreaturen nur wenig Intelligenz aufwiesen. Da menschliche

Frauen stark ausgeprägte Mutterinstinkte hatten, war er zu dem Schluss gekommen, dass sie die Tiere als Ersatzkinder nahmen, bis sie selbst schwanger wurden. Allein der Gedanke, Loragriffin zu schwängern, ließ seine menschliche Anatomie unangenehm anschwellen.

Sie näherten sich einem blassgelben Zelt, das für die Zubereitung von Speisen verwendet worden war. Jetzt blockierten zwei Männer in schwarzen Anzügen den Eingang.

Loragriffin hob ihr Amulett und hielt es ihnen vor die Nase. „Springfield Police –"

„Von hier übernehmen wir", unterbrach der kürzere der beiden Männer, die sie hergeführt hatten. „Sie können sich den anderen anschließen." Er zeigte auf die Menschenfrauen in der Nähe der Bühne.

„Entschuldigen Sie mal ..." Sie protestierte, als ein Mann in Tarnkleidung ihren Arm packte.

Zhiruto konnte keine Gedanken lesen, nur Emotionen wahrnehmen, und was er gerade von diesen Männern deuten konnte, war eingemauerte Entschlossenheit. Hinzu kam, dass Loragriffin ihnen nicht vertraute, und das machte auch Zhiruto misstrauisch. Er nahm ihren anderen Arm. „Die Frau kommt mit mir."

„Wir wurden angewiesen, die Außerirdischen von den Menschen zu trennen."

„Diese Frau hat die Autorität eurer Polizei", beharrte Zhiruto. „Ich verlange, ihre Hilfe in Anspruch zu nehmen."

Loragriffin warf ihm einen überraschten Blick zu, und Dankbarkeit wärmte sein Iki'i. Zhiruto fand, dass ihm die Empfindung gefiel. *Lass dich nicht ablenken,* erinnerte er sich und zwang seinen Fokus zurück zu den Wachen. Er musste die Situation unter Kontrolle bringen und seine Jagd nach dem Attentäter beginnen – die Sicherheit seines Prinzen hing davon ab.

Ein Mann im Zelt sagte: „Es ist in Ordnung. Lasst sie rein."

Zhiruto zog sie durch die Öffnung. Aus jeder Ecke strahlte grelles Kunstlicht durch das Zelt, und die klobigen Lebensmittelheizgeräte standen alle auf einem Tisch. Eine Gruppe Menschen hatte sich um einen Tisch versammelt und blickte auf faltbare Tablets. Hinter ihnen entdeckte er zwei menschlich geformte Kirenaianer unter Bewachung, zusammen mit einem rosafarbenen Qalqaner, den beiden Khargalanern und dem einzigen Fogarianer, an den er sich von der Gästeliste erinnerte.

Es erleichterte ihn ein wenig, dass es mehr als nur einen überlebenden Kirenaianer gab.

Der Mensch, der versucht hatte, Loragriffin zu erschießen, stieß ihn in den Rücken und sprach zu einem Mann mit dunkler Haut und kurz geschnittenen, silbernen Haaren. „Der hier ist durch den Park gewandert."

Zhiruto konzentrierte sich auf den dunkelhäutigen Mann, der offensichtlich das Sagen hatte. „Ich bin Zhiruto Miru, Sicherheitschef für –"

Der Mann hob die Hand. „Wir koordinieren immer noch eine Geländedurchsuchung. Warten Sie dort drüben mit Ihren Freunden, und ich komme in einer Minute zu Ihnen."

Zhiruto zog die Augenbrauen zusammen. Dieser Mensch hatte offensichtlich keine Ahnung, was vor sich ging. „Unser Heiler muss nach Überlebenden suchen."

„Ich sagte: Da drüben hinstellen. Meine Leute kümmern sich bereits um die Angelegenheit."

Loragriffin zog ihren Arm aus Zhirutos Griff, trat zu dem Mann und ließ ihr Amulett sprechen. „Was für eine Ausbildung bekommen Ihre Leute von der NSA bitte? Geht man so mit außerirdischen Würdenträgern um? Ganz zu schweigen, dass er davon spricht, Überlebende retten zu wollen, Arschloch."

„Ich habe Sie aus Höflichkeit hier reingelassen", knurrte der Mann. „Wenn Sie sich nicht benehmen können, werde ich Sie von meinen Männern entfernen lassen."

Die Frau erhob erneut das Wort, aber Zhiruto hatte keine Zeit, auf das Ergebnis zu warten. Loragriffin kam offensichtlich auch ohne ihn klar, und er hatte sich bereits genug von ihr ablenken lassen, obwohl er eigentlich seinen Prinzen zurück nach Kirenai Prime hätte eskortieren sollen. Jetzt musste seine Aufgabe ganz allein darin bestehen, den Attentäter aufzuspüren.

Er drehte sich zu den einzigen Überlebenden im Zelt. Der Qalqan-Heiler war von der IPV geschickt wurden, um im Notfall Erste Hilfe zu leisten. Die Khargalaner und der Fogarianer waren Gäste, die er von der Party erkannte. Und beide Kirenaianer trugen IPV-Abzeichen auf weißen Hemden. Hemden, die sie offensichtlich erworben hatten, um menschlicher zu wirken. Seine eigene Kleidung war eine bloße Nachahmung dessen, was auf der Erde getragen wurde.

„Wurde nach Überlebenden gesucht?", fragte er den Heiler.

Der rosafarbene Qalqaner schüttelte den Kopf. „Mir wurde keine vollständige Triage erlaubt, aber die wenigen, die ich scannen konnte, waren verstorben." Er deutete auf eine hellblaue Matrix, die im Gras in der gegenüberliegenden Ecke des Zeltes lag. „Das war der planetarische Manager der IPV. Bisher scheint es, dass nur Kirenaianer betroffen sind."

Zhirutos Magen verkrampfte sich. Es waren fast zwanzig Gäste von Kirenai Prime auf der Liste, plus eine weitere Handvoll Personal von der *Intergalaktischen Partnervermittlung*.

Er deutete auf die verbliebenen Kirenaianer. „Warum geht es uns also gut?"

„Ich glaube, das Essen war vergiftet", sagte der Heiler. „Hast du etwas gegessen?"

Zhiruto schüttelte den Kopf und war froh, dass er während seiner ersten Tour durch das Zelt keine der menschlichen Köstlichkeiten probiert hatte. Hatte das sein Prinz? Panik erfüllte Zhiruto. Er konnte Prinz Arazhi nicht warnen, während der FTL-Antrieb des Schiffes aktiviert war. Bis das Raumschiff Kirenai Prime erreichte, könnte es zu spät sein.

Der größere Khargalaner flatterte mit den Flügeln, als würde er gerne abheben. „Ich habe das dürftige Essen probiert und mit mir ist alles prima. Warum werden wir gefangen gehalten? Ich will meine Frau holen und diesen elenden Planeten endlich verlassen."

Zhirutos Iki'i wurde von der Besorgnis der Überlebenden überflutet. Er warf dem Khargalaner einen harten Blick zu. „Niemand geht, bis ich Antworten habe."

„Du gehörst zu Prinz Arazhis Männern, oder?", fragte der andere Khargalaner mit Flügeln, die flach an seinem Rücken lagen. „Wurde der Prinz verletzt?"

Zhiruto kniff die Augen zusammen. Als Gestaltwandler konnte sich seine Art unter anderen Arten bewegen, ohne ihre wahre Identität preiszugeben; nur Kirenaianer konnten sich anhand ihrer Iki'i voneinander unterscheiden. Prinz Arazhi hatte bei seinem Besuch auf der Erde nicht seine offizielle Form benutzt, die der Rest der Galaxie sofort erkennen würde. „Woher wusstest du, dass der Prinz hier war?"

„Du hast dich den Menschen als Zhiruto Miru vorgestellt, und jeder weiß, dass du Prinz Arazhis Seite nie verlässt", sagte der Khargalaner. „Ich habe dich mit dem Prinzen auf einem Ball auf Vatosang kennengelernt."

Er erkannte den Khargalaner nicht; allerdings traf er auf seinen Reisen mit dem Prinzen viele Leute. Bevor er antwortete, öffnete er sein Iki'i für Reaktionen, und er beobachtete den Qalqaner auf Veränderungen in der Körpersprache, da die Spezies immun gegen den Iki'i-Sinn war. Sie waren selten in Aggressionen verwickelt, aber Zhiruto war nicht bereit, jemanden auszuschließen, nicht, wenn die Wahrscheinlichkeit hoch war, dass der Täter gerade vor ihm stand.

Er sagte: „Der Prinz hat den Planeten unverletzt verlassen können."

Nur Erleichterung berührte seine Sinne, und selbst der Qalqaner nickte in offensichtlicher Erleichterung. *Der Verdächtige ist nicht unter ihnen.* Was bedeutete, dass sich der Täter entweder teleportiert hatte, bevor sich das Fenster schließen konnte, oder … er rannte irgendwo auf diesem Planeten herum. *Könnte der Attentäter ein Mensch sein?* Bei dem Gedanken lief ihm ein kalter Schauer über den Rücken.

Der Fogarianer sagte: „Gerne helfe ich bei den Ermittlungen."

„Danke."

Der dunkelhäutige NSA-Mann schritt mit einem Datenpad in der Hand zu ihnen. „Vielen Dank für Ihre Mitarbeit. Mein Name ist Agent Randall. Ich habe mit Ihren IPV-Vertretern Kontakt aufgenommen und wir arbeiten daran, ein Shuttle für Sie zu bekommen."

Mit den Armen vor der Brust verschränkt, stand Loragriffin zwischen den Wachen und grinste selbstgefällig. Sie dachte, sie hätte ihnen geholfen, Freiheit zu erlangen, aber sie wusste nicht, dass sie dem Attentäter damit vielleicht die Möglichkeit gegeben hatte, zu entkommen.

„Sie dürfen keinen Orbitalverkehr zulassen, bis ich meine Untersuchung abgeschlossen habe", sagte Zhiruto. „Dies war ein Mordversuch, und der Täter ist höchstwahrscheinlich immer noch unter uns."

Der angriffslustige Khargalaner stöhnte.

Der Qalqaner machte ein zischendes Geräusch. „Entschuldigung, aber wenn es Überlebende unter den Gefallenen gibt, müssen sie sofort in die Krankenstation des Schiffes gebracht werden."

Zhiruto knirschte mit den Zähnen. Es war wichtig, den Attentäter zu finden, aber auch Leben zu retten. Zudem bestand die Möglichkeit, dass eines der Opfer etwas gesehen hatte.

„Unsere Ärzte haben bestätigt, dass alle ... Überreste, die wir gefunden haben, tot sind", sagte Agent Randall.

„Ihre Heiler verfügen nicht über das nötige Wissen, um sich um unsere medizinischen Bedürfnisse zu kümmern", antwortete Zhiruto. „Bitte erlauben Sie, dass wir selbst nach den Opfern sehen."

Agent Randall rümpfte die Nase, aber dann nickte er. „In Ordnung, tun Sie, was getan werden muss.

Meine Männer stehen Ihnen zur Verfügung, falls Sie etwas brauchen.“

Der Qalqaner holte seinen Scanner und eilte aus dem Zelt, dicht gefolgt von drei der Agents.

Zhiruto richtete seinen Blick auf Loragriffin. „Ich brauche deine Hilfe, um mit den menschlichen Gästen zu sprechen.“

Agent Randall wollte protestieren. „Sie hat keine Freigabe –“

„Sie ist die Einzige, der ich vertraue.“

Der Kiefer des Mannes arbeitete, als wollte er spucken, dann richtete er seine Augen auf sie. „Ich nehme an, sie kann als Ihre Kontaktperson agieren. Stellen Sie sicher, dass Sie in Ihrer Polizeiwache einen ausführlichen Bericht einreichen, Officer Griffin. Verstanden?“

Mit weit aufgerissenen Augen nickte sie. „Ja, Sir.“

Zhiruto hatte nicht ahnen können, dass seine Bitte um ihren Beistand ihr so sehr gefallen würde, aber er fühlte, wie seine Brust mit ihrer Zufriedenheit anschwoll. „Dann los.“ Er wies sie an, das Zelt vor ihm zu verlassen.

DREI

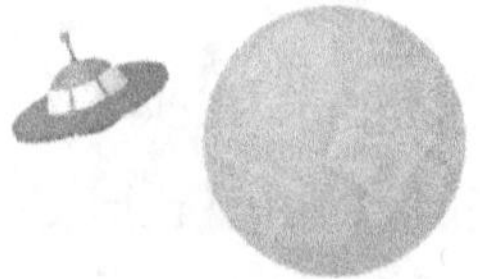

Lora verstand Agent Randalls nicht so subtilen Hinweis, dass sie jetzt für die *National Security Agency* arbeitete, und sie war sich nicht sicher, was sie davon halten sollte. Auf der einen Seite könnte es, wenn sie sich gut machte, zu einer Beförderung oder sogar einem neuen Job mit dem FBI führen. Auf der anderen Seite behandelten sie die Außerirdischen, als wären sie Terroristen und nicht wie die Opfer eines Attentats. Was für eine Scheiße, aber wenn sie Zhiruto helfen könnte, diesen Todesfällen auf den Grund zu gehen, würde sie es tun.

Sie versuchte, ihr Hinken zu verbergen, und verließ das Zelt vor dem großen blauen Alien. Als sie an dem kleinen Agent vorbeikam, der die Waffe auf sie gerichtet hatte, murmelte er: „Sie haben hier nichts zu suchen."

Zhiruto blieb abrupt stehen und richtete einen unheilvollen Blick auf den Mann, sodass dieser Reißaus nahm und zurück ins Zelt rannte.

Lora fing langsam an, Zhiruto wirklich zu mögen, jedoch konnte sie nicht zulassen, dass er ihr ständig zu Hilfe kam. Sie legte eine Hand auf seinen Arm und war überrascht, wie menschlich sich seine blaue Haut unter ihrer Handfläche anfühlte. „Danke, aber ich kann meine eigenen Schlachten kämpfen."

Er warf ihr einen überraschten Blick zu. „Was denn für Schlachten?"

Sie grinste und stellte sich vor, wie sie den Agent beim Kickboxen fertigmachte. Sie war ziemlich gut im Ring. Allerdings bestand die Möglichkeit, dass der Kerl in den Genuss eines Spezialtrainings gekommen war, von dem sie als normale Polizistin nicht profitiert hatte. Zudem würde ihr pochender Knöchel sicher einige Einwände haben. „Es ist nur eine Redewendung."

„Ich verstehe." Er wandte sich den Menschen zu, die sich unter den Lichtern in der Nähe der Bühne versammelt hatten. „Deshalb brauche ich deine Hilfe bei der Kommunikation mit den Menschen, Loragriffin."

„Lora. Nur Lora. Bitte." Es war schön, geschätzt zu werden, aber die Verwendung ihres Vor- und Nachnamens als ein Wort fühlte sich merkwürdig an.

„Lora." Er lächelte. „Ein guter Name für dich. Er bedeutet *überzeugend* in meiner Sprache."

Auch sie musste lächeln. *Überzeugend* klang viel besser als die Namen, die sie sonst an den Kopf geworfen bekam.

Als sie neben dem Absperrband der Polizei lief, das den Bereich mit den Tischen vom Rest trennte, beobachtete sie, wie sich das rosa Alien über einen dunklen Fleck im Gras beugte. Er wedelte mit etwas, was wie ein Schlagstock aussah. „Was macht er da?"

„Er scannt nach Lebenszeichen."

Sie zog die Augenbrauen hoch. Sehr viel Hoffnung empfand sie bei dem Anblick der geleeartigen Pfützen aber nicht. Andererseits hatte sie Gerüchte gehört, dass die Außerirdischen zur Erde teleportiert worden waren, anstatt in einem Raumschiff zu landen, also verfügten sie vielleicht über Technologien, um ihren Alien-Freunden zu helfen. „Könnt ihr jemanden wiederbeleben, der so aufgelöst wurde?"

Er stoppte und drehte sich zu ihr. „Sie wurden nicht aufgelöst. Sie wurden denaturiert."

„Worin liegt der Unterschied?"

Er rieb sich das Kinn, was durch die Stoppeln zu kratzenden Lauten führte. War es möglich, dass er attraktiver geworden war, oder wollte sie nur unbedingt flachgelegt werden? Es war schon eine ganze Weile her, seit sie auf ein Date gegangen war, geschweige denn einen Mann mit nachhause genommen hatte. Normalerweise zog sie ihren Vibrator den Verstrickungen vor, die es mit sich brachte, einen Mann in ihr Leben zu bringen.

Zhiruto deutete auf eine Bank. „Wenn du mir helfen willst, mit diesen Frauen zu sprechen, dann muss ich dir zuerst alle nötigen Informationen geben."

Sie sank dankbar auf die Bank und er setzte sich neben sie. Sie saßen nah beieinander, aber berührten sich nicht, und jeder Zentimeter ihrer Haut schien sich seiner Anwesenheit übermäßig bewusst zu sein. Es half nicht, dass er immer noch ohne Oberteil herumrannte. Seine glatte, nackte Brust und seine Bauchmuskeln waren beeindruckend definiert. Sie trainierte jeden Tag mit Bodybuildern in einem Fitnessstudio, und kein einziger von ihnen konnte mit diesem Kerl mithalten.

Als sie erkannte, dass sie auf seine perfekten kleinen Nippel starrte – ein dunkleres Blau als der Rest seiner Haut –, schaute sie auf. Wie ein Honigkuchenpferd lächelte er sie an. *Scheiße, so konnte man sich natürlich auch zum Narren machen.* Sie legte eine Hand auf die Bank und lehnte sich lässig nach hinten, weg von ihm. „Also, Denaturierung und so?"

Er ahmte ihre Haltung nach und lehnte sich in die andere Richtung, was seinen Oberkörper nur noch verführerischer erscheinen ließ. „Zuerst möchte ich dir von dem Sohn des Kaisers erzählen. Prinz Arazhi."

Sie nickte und bemühte sich, ihre Aufmerksamkeit auf seinem Gesicht zu belassen. „Die Person, für die du arbeitest?"

„Genau. Er ist der Thronfolger der Yazhu-Dynastie. Sein Vater ist krank, und Prinz Arazhi wird bald den Thron besteigen."

„Lass mich raten: Jemand da draußen will nicht, dass das passiert." Über ihnen kreiste ein Hubschrauber am Nachthimmel, während in der Ferne ein Summen darauf hinwies, dass sich wahrscheinlich eine Menschenmenge an den Barrikaden um den Park versammelt hatte. Wie viel chaotischer würde es werden, wenn die Leute herausfänden, dass das Kaiserreich beteiligt war?

„Korrekt. Im Galaktischen Konsortium hat sich unter den Senburu eine Gruppe geformt, die sich den langjährigen Handelsverordnungen des Kaisers widersetzt. Sie haben ihren eigenen Kandidaten für den Thron aufgestellt, und wenn Prinz Arazhi in naher Zukunft keinen Erben hervorbringen kann, ist es wahrscheinlich, dass sie einen Putsch durchführen und die Macht ergreifen. Deshalb kam er auf die Erde – um sich eine Frau zu kaufen, die er schwängern kann."

Lora drückte die Schultern durch und das Entsetzen jagte als kalter Schauer über ihren Rücken. Nur Gott wusste, wohin Georgie gerade in einem Raumschiff unterwegs war. Mit einem Außerirdischen, der sie schwängern wollte! „Was hast du gesagt? Kaufen? Willst du damit sagen, dass er denkt, dass Georgie seine Sklavin ist?"

Er neigte den Kopf, als ob er versuchte, ihre Worte nachzuverfolgen. „Er hat ihren Vertrag ersteigert. Hast du dich nicht auch als Leibeigene angeboten?"

„Ganz sicher nicht!" Sie stand auf und ihr Herz hämmerte gegen ihre Rippen, als sie auf ihn hinunterblickte. „Die Auktion war für einen wohltätigen Zweck. Du hast auf ein Date *mit* einer Frau geboten, nicht auf eine Frau."

„Ja, ein Date. Das bedeutet die Lieferung von Leibeigenen."

Sie schluckte. „Das ist ein großes Missverständnis. Dating bedeutet etwas völlig anderes auf der Erde. Es bedeutet, Zeit mit jemandem zu verbringen und die Person besser kennenzulernen."

„Ich ... verstehe." Er stand auf. „Das ist ein unglückliches Missverständnis. Ich werde dafür sorgen, dass unser Universalübersetzer aktualisiert wird."

„Du musst den Prinzen anrufen und das sofort klären."

„Ich stimme zu. Auf dem Weg nach Kirenai Prime sind sie jedoch außerhalb der Kommunikationsreichweite. Bitte sei dir versichert, dass Prinz Arazhi deine Freundin nicht verletzen oder sich ihr aufdrängen würde – ob er von dem Missverständnis weiß oder nicht. Jedoch bleibt ihm nicht viel Zeit, um einen Erben zu zeugen. Ich muss sicherstellen, dass er eine Alternative hat." Er trat einen halben Schritt zurück und musterte sie. „Wärst du bereit, sein Kind zu bekommen?"

Mit offenem Mund und weit aufgerissenen Augen starrte sie ihn an. „Was zum Teufel? Ich kenne diesen Prinzen doch überhaupt nicht!"

„Ist das ein *Nein*?"

„Ein nachdrückliches *Nein*."

Er nickte, und sie dachte, dass sie Erleichterung auf seinem Gesicht sah. Er wandte sich der Gruppe mit den bewachten Frauen zu und sagte: „Dann lass uns mit den anderen Frauen reden."

Gott sei Dank hatte er die Sache mit dem Baby schnell aufgegeben. Er sah sie wohl nicht als den mütterlichen Typ. Sie war einfach in der Nähe gewesen. Wahrscheinlich hätte er die Frage jeder gestellt.

Sie drückte das seltsame Gefühl der Enttäuschung nieder, das durch ihre Brust rauschte. „Ich bin hier, um dir zu helfen, einen Mörder zu finden. Ein Date für deinen Prinzen aufzutreiben, ist allein deine Aufgabe."

„Natürlich." Er griff nach ihrer Hand und legte sie auf seinen Arm. „Lass uns mit unserer Befragung loslegen, damit jeder nachhause gehen kann."

Sie wollte nicht, dass es so aussah, als wäre heute ihr Abschlussball. Ihr Knöchel jedoch schwoll immer weiter an, also gab sie nach und lehnte sich an ihn, um in Richtung der Gruppe zu hinken. Die NSA-Wache reichte Zhiruto ein Tablet. „Dies ist eine Liste mit den menschlichen Gästen. Wir sind immer noch dabei, ein paar von ihnen aufzuspüren."

„Danke." Zhiruto reichte ihr das Gerät.

Lora akzeptierte es, und die Wache trat zur Seite und ließ sie mit zusammengekniffenen Augen und einem angespannten Körper vorbei, als hätte er es mit zwei Schlangen zu tun.

Die Frauen waren weit weniger misstrauisch. Sie stürmten auf Lora zu und dann kamen die Fragen aus allen Richtungen. „Was ist passiert? Können wir jetzt nachhause gehen? Werden wir angegriffen?"

Maise schob sich nach vorne. Sie hielt mehrere Hundeleinen in der Hand. Wie üblich hatte sie die Verantwortung für jeden streunenden Hund übernommen, den sie finden konnte. Sie hielt jetzt nicht nur Pepper und ihren eigenen Hund Bixby, sondern auch einen karamellfarbenen Labradoodle und eine riesige Dogge mit auffallend blauen Augen.

Pepper wieder zu sehen, beruhigte Loras angespannte Nerven, und sie kraulte ihrem Hund hinter den Ohren. „Danke, dass du auf sie aufgepasst hast. Glaubst du, dass du sie noch ein bisschen länger im Auge behalten kannst?"

„Gern. Irgendeine Ahnung, wem die beiden gehören?" Maise deutete auf die fremden Hunde in ihrer Obhut. Der Saum ihres burgunderroten Rocks war zerrissen, und ihre rabenschwarzen Locken hatten sich aus der Hochsteckfrisur gelöst.

„Leider nein." Das Letzte, woran Lora gerade denken konnte, war, vermisste Hundebesitzer aufzuspüren. Sie wandte sich an die Frauengruppe. Die meisten erkannte sie von dem Briefing vor der Auktion. „Vielen Dank für eure Geduld."

Sie sah zu Zhiruto und entdeckte eine Brünette in einem paillettenbesetzten schwarzen Kleid, die sich an ihm rieb. Nun, okay, vielleicht rieb sie sich nicht an ihm, aber sie klammerte sich definitiv an ihm fest, als würde sie ihn kennen – als würde sie ihn wollen.

Die Frau sagte: „Ich bin so froh, dass es dir gut geht.“

Eifersucht meldete sich abrupt in Lora und sie presste ihre Lippen fest zusammen. *Dies muss die Frau sein, die er – so wie er angenommen hatte – ersteigert hatte.*

Zhiruto zog seinen Arm aus dem Griff der Frau. „Auch ich bin froh, dass du unverletzt bist. Aber angesichts der jüngsten Ereignisse muss ich unseren Vertrag aufheben. Bitte schließe dich wieder den anderen an.“

Ein verletzter Blick huschte über das Gesicht der Frau und sie senkte die Arme.

Loras Eifersucht verwandelte sich in Mitleid, als die Frau zu den anderen lief. Anscheinend wusste der Außerirdische nicht, wie er jemandem eine sanfte Abfuhr geben sollte. Aber zumindest blieb er professionell, und das schätzte sie.

Er sah zu ihr und sagte: „Bitte fahre fort.“

Lora nickte und überlegte, wie viel sie den Frauen sagen sollte. Sie wollte sich nicht in Einzelheiten verzetteln. Es war ohnehin nicht so, dass die fraglichen Außerirdischen in einem Zustand waren, in dem sie ihren Besitzanspruch geltend machen konnten. Das Wichtigste war jetzt, den Mörder zu finden.

Sie traf auf den Blick einer Frau, die einen Corgi hielt, und ließ dann die Augen über die Gruppe schweifen, während sie sprach. „Ich weiß, dass der heutige Abend traumatisch war, und wir wissen es zu schätzen, dass ihr alle ruhig geblieben seid. Ich wurde darüber informiert, dass dies ein Attentatsversuch auf einen außerirdischen Prinzen war.“

Jedes einzelne Augenpaar landete auf Zhiruto, und die Brünette machte wieder einen Schritt auf ihn zu. „Du bist ein Prinz?“

Diesmal ließ sich die Eifersucht in Lora nicht bändigen und glühte heiß. „Nein. Er ist der Leibwächter des Prinzen.“

Laszives Gemurmel über sexy Bodyguards zwang sie dazu, lauter zu sprechen, um Gehör zu finden: „Meine Damen, bitte. Zeigt Respekt. Aliens sind gestorben und wir brauchen eure Hilfe. Ist jemandem heute Abend etwas Ungewöhnliches aufgefallen?"

„Ungewöhnlicher, als dass sich mein Date direkt vor meinen Augen in eine Pfütze auflöst?", fragte die Frau mit dem Corgi.

Lora setzte ein stoisches Gesicht auf. Selbst sie musste zugeben, dass ihre Aufmerksamkeit bei dieser Aktion auf ihrem Date gelegen hatte. „Wir würden gerne mit allen individuell über die heutigen Ereignisse sprechen."

„Können wir danach heim gehen?", fragte eine ältere Frau in einem rosafarbenen Kleid mit Puffärmeln, das aussah, als hätte es in den Achtzigern als Brautjungfernkleid hergehalten.

Ein kratziger Schrei kam von den Tischen, sodass sich alle umdrehten.

Der rosa Außerirdische wedelte mit dem Stab in der Luft, und die drei NSA-Sanitäter hatten ihre liebe Mühe, einen runden Wagen mit einem tragbaren MRT-Scanner über das Gras zu schieben.

„Was ist los?", fragte Lora.

Zhiruto trat bereits über das Absperrband. „Sie haben einen Überlebenden gefunden."

Loras Magen drehte sich. Dann hinkte sie ihm hastig nach und hoffte, dass sie nicht gleich Zeuge davon wurde, wie ein Zombiearm aus einem der blauen Schleimhaufen emporschoss.

KAPITEL
VIER

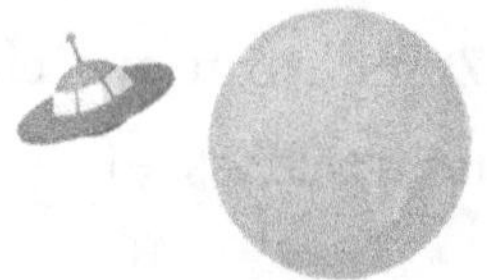

Ermutigt von den Neuigkeiten über einen Überlebenden ging Zhiruto zu dem Heiler. Der Qalqaner benutzte einen Anti-Schwerkraft-Generator, um die Zellmatrix des Kirenaianers von dem Stuhl anzuheben. Indessen versuchten die zwei IPV-Vertreter, eine schwebende Transportbox an den NSA-Männern und ihrem Rollwagen vorbei zu bringen. Gleichzeitig drängte sich um den Heiler eine neugierige Menschenmenge, die Fragen stellten und somit keine Hilfe darstellten. Sie waren nicht nur im Weg, sondern ignorierten zudem den privaten Ruhezustand eines Kirenaianers. Dieses Opfer verdiente Respekt.

Zhiruto streckte seine Arme aus, ein Versuch, die Sicht der Menschen zu blockieren, und sagte: „Bitte gehen Sie auf Abstand, damit unser Heiler in Ruhe seine Arbeit machen kann."

Agent Randall runzelte die Stirn. „Ich habe es satt, dass ihr Aliens uns immer wie Diener behandelt. Dies ist eine Ermittlung auf menschlichem Boden. Wir müssen sicher sein, dass es keine Bedrohung für unsere eigene Bevölkerung gibt."

Zhiruto stellte sich mit verschränkten Armen vor den Mann. „Ist es üblich, dass Ihr Personal nackte menschliche Opfer anstarrt? Denn im Moment ist dieser Kirenaianer im Grunde genau das. Nackt."

Der Mann hatte den Anstand, Reue auszustrahlen; sein finsterer Blick jedoch blieb bestehen. „Erlauben Sie uns zumindest, ein MRT durchzuführen."

„Wir brauchen euren Scanner nicht", sagte der Heiler. „Sorgen Sie nur dafür, dass Ihre Leute auf Abstand gehen und bleiben." Er zeigte auf die ankommende Transportbox. Der organische Behälter wurde von Qalqanern entwickelt und passte seine Größe an den Patienten an. Die Box würde auch eine Stase induzieren, bis sie bei den entsprechenden Einrichtungen ankamen.

Agent Randall warf einen Blick auf die Box, dann auf Loragriffin, die einen respektvollen Abstand einhielt, bevor er seinen Männern sagte: „Alle zurück an die Arbeit."

Er rechnete es ihnen hoch an, dass die Männer verschwanden, ohne zu grummeln, aber Zhiruto konnte immer noch ihre neugierigen Augen spüren, als sie vorgaben, anderen Aufgaben in der Nähe nachzugehen.

Agent Randall machte mehrere großzügige Schritte zurück und beobachtete weiter das Geschehen, wobei er sich offensichtlich nicht als Hilfskraft betrachtete. Von ihm ging ein Gefühl der Habgier aus, das Zhiruto nicht mochte – ein Gefühl, das ihm nicht zum ersten Mal unterkam. Unterentwickelte Arten hofften stets, an neue Technologien zu kommen, die sie noch nicht kannten. Zumindest stand der Agent dem Heiler nicht mehr im Weg.

Es war offensichtlich, dass auch Loragriffin neugierig war, und dennoch schaffte sie es, von dem gefallenen Kirenaianer einen respektvollen Abstand einzuhalten.

Er signalisierte ihr, sich ihm anzuschließen.

Sie rückte näher und stellte sich neben ihn, bis ihre nackte Schulter gegen seinen Arm rieb. Ihr Blick war weiterhin auf den Heiler gerichtet. Erstaunen und Mitleid überfluteten sein Iki'i, was auch seinen Gefühlen entsprach. Dass dieser Kirenaianer überlebt hatte, wo so viele andere sterben mussten, konnte nur als Wunder bezeichnet werden. Es könnte sich auch als Fluch herausstellen, wenn das Gift nicht vollständig herausgefiltert werden konnte; für immer in den Ruhezustand verbannt zu werden, wäre ein schreckliches Schicksal.

Zhiruto suchte nach der Iki'i-Signatur des Überlebenden, während der Heiler die ungeformte Matrix in die Box absenkte. Er konnte spüren, dass das Opfer am Leben war, aber vertraut war ihm diese Person nicht. In der Box vibrierte die vergiftete Matrix, wölbte sich und verzog sich zu einem menschlich aussehenden Gesicht, nur um wieder in einen geleeartigen Zustand zu sinken.

Lora stolperte nach hinten, ohne ihre weit aufgerissenen Augen von dem Kirenaianer zu nehmen. „Heilige Scheiße, es lebt."

Obwohl Loragrffins Ungläubigkeit stark ausgeprägt war, nahm er die Empörung des Opfers auf ihre

Worte wahr. Die Reaktion fühlte sich in der Intensität regelrecht blendend an. Zhiruto zog Loragriffin zur Seite und lehnte sich dicht an ihr Ohr. „Zum einen: Wir sagen *Er* und nicht *Es*. Zum anderen: *Er* kann dich hören.“

Ihre Augenbrauen zogen sich vor Entsetzen zusammen, und sie nickte. „Oh Gott! Tut mir leid. Er.“

Er lächelte sanft. „Es war keine Rüge, nur eine Korrektur. Menschen sind dem Galaktischen Konsortium noch neu. Wir müssen noch viel übereinander lernen.“

„Hat er Schmerzen?“

Jetzt, da sie es erwähnte, war Zhiruto beeindruckt, dass er keinerlei Schmerz wahrnahm. Vielleicht wirkte das Gift betäubend. „Nein. Er ist einfach nicht in der Lage, sich aus seinem Ruhezustand zu erheben.“

„Ruhezustand? Was ist das?“

Obwohl nur wenige es jemals gesehen hatten, wusste fast jeder in der Galaxie von dem Ruhezustand der Kirenaianer. „Hat die IPV euch keine Informationen über eure Gäste zur Verfügung gestellt? Kirenaianer sind Gestaltwandler. Gelegentlich müssen wir aber unsere Zellmatrix entspannen.“

Sie starrte ihn an und ließ ihre Augen über seinen Körper schweifen. „Willst du damit sagen, dass du normalerweise anders aussiehst?“

„Ich kann die Form unterschiedlicher Arten annehmen. Nur meine Farbe bleibt gleich. Ich habe einfach eine Form angenommen, die ... den Menschen gefällt.“ Er wollte nicht zugeben, dass viele von den aktuellen Merkmalen – von seiner schiefen Nase bis zu den Stoppeln an seinem Kinn – ihrem Geschmack entsprachen.

„Dazu möchte ich später mehr hören.“ Sie schüttelte den Kopf, ihre Augen noch immer auf seine Brust gerichtet. „Nachdem du hier fertig bist.“

Er nickte, erfreut darüber, wie schnell sie ihren Schock überwunden hatte, und konzentrierte sich wieder auf die Arbeit. „Gerne erzähle ich dir später mehr.“ Er wandte seine Aufmerksamkeit dem Heiler zu und fragte: „Konntest du den Überlebenden identifizieren?“

Die Kirenaianer führten eine genetische Datenbank, um ihre Bevölkerung zu registrieren, da ein Kirenaianer nach dem Tod seinen Ruhezustand wieder aufnahm und auf andere Weise nicht identifizierbar war. Ohne von seiner Aufgabe wegzuschauen, sagte der Heiler: „Ich muss ihn zurück zum Raumschiff bringen, um ihn ausführlicher untersuchen zu können.“

Zhiruto trat vor und streckte eine Hand in die Richtung der Kirenai-Matrix aus; wenn sie sich berührten, konnte seine Spezies Informationen durch ihre Iki'i austauschen – auch im Ruhezustand. Er würde das Opfer einfach selbst fragen.

Der Heiler legte seine handähnliche Klaue auf Zhirutos Arm und stoppte ihn. „Berühre ihn nicht, bis ich weiß, ob die Ursache der Erkrankung übertragbar ist.“

Zhiruto stoppte sein Vorhaben. „Meintest du nicht, dass es ein Gift war?“

„Auch ein Gift kann bei dem Versuch übertragen werden, mit dem Opfer in Kontakt zu treten.“

Zhiruto stieß einen schweren Seufzer aus und senkte seine Hand. „In Ordnung. Dann gib mir ein paar Minuten, bevor du ihn in Stase versetzt.“

Der Heiler verbeugte sich und trat zurück. „Bitte fahre fort, aber denk daran: Je länger er instabil bleibt, desto unwahrscheinlicher ist es, dass er sich wieder erholt."

Zhiruto bewegte sich so nah wie möglich an die Box heran, ohne sie zu berühren, und sagte: „Mein Name ist Zhiruto und ich diene Prinz Arazhi. Ich suche nach der Person, die dir das angetan hat. Hast du irgendwelche Informationen darüber, was passiert ist?"

Wut schoss gegen ihn wie spitze Nadeln, zusammen mit dem Gefühl, dass er etwas wusste.

Zhirutos Puls beschleunigte sich. *Was weiß er?* Dem Drang, in die Box zu greifen und die Informationen durch Berührung zu erhalten, war schwer zu widerstehen. So musste er sich auf Ja- und Nein-Fragen verlassen. „War es einer der Khargalaner?"

Eine Verneinung wehte zu ihm.

„Der Fogarianer?"

Wieder negativ.

Er hatte Schwierigkeiten zu glauben, dass ein Kirenaianer eine solche Gräueltat an seiner eigenen Art begehen könnte, also fragte er: „Ein Mensch?"

Ein menschlich aussehendes Gesicht bildete sich erneut in der Matrix, und ein einziges Wort entrang den Lippen des Kirenaianers: *„Burendo."*

Zhiruto erstarrte, als sich der Kirenaianer wieder in seinen Ruhezustand begab. Alle Kirenaianer konnten ihre Form ändern, aber Burendos waren zudem in der Lage, die Farbe zu wechseln und konnten sich so unbemerkt unter die einheimische Bevölkerung mischen. Das bedeutete, dass der Schuldige zum einen Kirenaianer war, und er sich wahrscheinlich auf diesem Planeten mit seinen acht Milliarden Menschen versteckt hielt. Und wenn der Burendo ein ausgebildeter Attentäter war, würde er auch wissen, wie er sich vor dem Iki'i eines Artgenossen abschirmen konnte. *Wie soll ich es mit diesen Informationen schaffen, ihn aufzuspüren?*

Lora berührte ihn am Arm und fragte: „Was hat er gesagt?"

Er wies den Heiler an, fortzufahren und die Box zu versiegeln. Der Überlebende konnte ihm nicht weiterhelfen. Er wandte sich an Loragriffin.

„Burendo. Das ist ein Kirenaianer, der Farbe und Form ändern kann. Sie sind extrem selten."

„Der Mörder ist also einer dieser Burendos?" Ihr Blick landete auf einer NSA-Wache in der Nähe. „Er oder sie könnte demnach auch wie ein Mensch aussehen?"

Zhiruto hatte nicht einmal Zeit gehabt, darüber nachzudenken, dass der Attentäter nicht nur einen Menschen, sondern auch eine Frau imitieren könnte. Kirenaianer waren eine rein männliche Spezies, was sie jedoch nicht davon abhielt, eine weibliche Form anzunehmen.

Sein Job war exponentiell schwieriger geworden.

Er betrachtete die versammelten Menschen, die gegen die von den NSA-Wachen gesetzte Grenze drängten. „Kennst du diese Menschen persönlich?"

„Viele von ihnen, ja. Deutest du gerade an, dass einer von ihnen ein Doppelgänger sein könnte?"

Sein Übersetzer nahm sich einen Moment Zeit, um das Wort zu interpretieren. Als er es tat, schüttelte Zhiruto den Kopf. „Ein Burendo kann das Aussehen einer bestimmten Person nicht besonders gut imitieren. Hinzu kommt, dass es umfangreicher

Recherche bedürfte, um die Eigenheiten dieser Person glaubwürdig nachzuahmen. „Normalerweise könnte ich ein Iki'i von einem weiteren Kirenaianer entdecken, aber ein Attentäter schirmt sich wahrscheinlich ab, sobald ich in der Nähe bin. Wenn du diese Frauen jedoch kennst, glaube ich, dass es einfach sein sollte, zu bestätigen, dass wir die Person vor uns stehen haben, die sie vorgibt zu sein."

Sie nickte. „Okay." Ihr Blick richtete sich auf Agent Randall, der sich nicht weit von ihnen aufhielt. „Erzähl Randall nichts von dem Burendo, ansonsten wird er etwas Dummes tun und diese Frauen werden es nie nachhause schaffen. Das Letzte, was du willst, ist, dass die NSA übernimmt. Die *Agency* würde wohl einen Test nach dem anderen vornehmen und uns unter Bürokratie begraben."

Zhiruto wusste nicht, was Bürokratie bedeutete, aber er vertraute Loragriffins Urteil. „Das sollten wir vor niemandem erwähnen. Wenn der Attentäter herausfindet, dass wir wissen, was er ist, wird er noch vorsichtiger handeln."

„Das ist ein Argument", sagte Lora. „Lass uns dafür sorgen, dass sich dieser Burendo wohl fühlt, sodass er vielleicht unvorsichtig wird und sich selbst verrät.“

Ihm gefiel, dass sie ähnlich dachten. Lächelnd nickte er seiner Komplizin zu. „Dann lass uns mit deinen Freunden sprechen.“

FÜNF

Lora sollte zu den Frauen gehen und anfangen, sie zu befragen, während Zhiruto sich darum kümmerte, den Status des ankommenden Shuttles zu überprüfen. Auf dem Weg kam sie an der Toilette vorbei, entschied, sich zu erleichtern, und dachte an alles, was sie heute gelernt hatte. Zhiruto war nicht nur ein Außerirdischer, er war ein Formwandler. Aber der muskulöse blaue Mann, bei dem ihr das Wasser im Mund zusammenlief, hatte nichts mit den Werwölfen gemein, über die sie so gerne in ihren Büchern las. Er war eigentlich eher wie eine Kreatur aus dem Film *Der Blob. Er sieht so real aus, fühlt sich real an.* Zur Hölle, er roch sogar echt – wie das männlichste Eau de Cologne, was sie sich vorstellen konnte. Wenn man so darüber nachdachte, war ein Klecks, der sich in einen Menschen verwandelte, nicht wirklich so viel fantastischer als ein Werwolf. Nur etwas weniger kuschelig. Der Gedanke brachte sie zum Lachen.

Mit einer leeren Blase hinkte sie zur Bühne. Der Himmel bereitete sich auf den Sonnenaufgang im Osten vor, und die Frauen sahen in ihren zerknitterten Abendkleidern alle hager und erschöpft aus. Sogar die Hunde schienen nichts mehr zu wollen, als sich endlich auszuruhen. Sie spielten nicht miteinander, bellten nicht, lagen einfach nur herum oder blickten ihre Besitzer aus traurigen braunen Augen an.

Die Frauen wurden munter, als Lora an den Wachen vorbei und auf sie zu kam. Mehrere eilten herbei und stellten Fragen:

„Lebt noch einer?"

„Werden wir als Verdächtige gesehen?"

„Warum dürfen wir nicht nachhause?"

Sie musste ihre Polizistenstimme benutzen, um sie zur Ruhe zu bringen. „Beruhigt euch und seid still, sonst werden wir ewig hier rumsitzen. Um eure Fragen zu beantworten: Ja, einer der Außerirdischen lebt noch. Er wird gerade in eine medizinische Einrichtung gebracht." Sie beschloss, die Sache mit dem Ruhezustand zu unterschlagen; das würde nur noch mehr Fragen aufwerfen. „Wenn ihr mit mir kooperiert, werde ich dafür sorgen, dass sie euch nachhause lassen."

Das brachte einen kollektiven Seufzer der Erleichterung mit sich und die Damen stapften zurück zu ihren Plätzen.

Maise blieb stehen. Vier Hunde hielt sie an der Leine, die ihre Freundin wie Bodyguards umgaben – inklusive Pepper, die beim Anblick von Lora wimmerte.

„Danke, dass du dich um sie gekümmert hast. Ich kann sie jetzt wieder nehmen." Lora nahm die Leine und beugte sich vor, sodass Pepper sie mit einem Hundekuss auf die Wange begrüßen konnte. Es fühlte sich gut an, ihren Hund zurückzuhaben. Sie blickte zu Maise auf, registrierte ihre trüben Augen und das hängende schwarze Haar. „Wie wäre es, wenn ich zuerst mit dir rede?"

Mehrere Frauen grummelten und sie hörte Beschwerden, dass Lora ihre Freundin bevorzugt behandelte. Lora ignorierte sie und führte den Weg zum anderen Ende der Bühne, direkt auf zwei Stühle zu, die neben einem Tisch standen, auf dem vor wenigen Stunden noch Champagner zu finden gewesen war.

Erfreut darüber, das Gewicht von ihrem Knöchel zu nehmen, setzte sie sich und band Pepper an die Rückenlehne ihres Stuhls, während Maise die Leinen der anderen drei Hunde an einem Geländer am Rande der Bühne befestigte. Maise schnappte sich zwei Flaschen Wasser von einem nahegelegenen Tisch, schloss sich ihr an und reichte ihr eine. „Ich habe Georgie nicht mehr gesehen, seit das alles passiert ist. Weißt du, wo sie ist?"

Lora rieb sich den Nacken. „Sie ist, äh, bei dem Prinzen, schätze ich."

„Ist das dein Ernst?" Maises Augen weiteten sich. „Wo sind sie? Wann werde ich ihn kennenlernen?"

„Sie sind in einem Raumschiff, denke ich. Ich habe sie kurz gesehen, als Zhiruto mit ihm gefacetimed hat – oder wie auch immer Aliens das nennen."

„Ein Raumschiff?" Maise schnappte nach Luft. „Geht's ihr gut?"

„Ja, ich denke schon. Zumindest sagt Zhiruto, dass sie nichts zu befürchten hat."

Maise warf Lora einen prüfenden Blick zu. „Ich dachte, du wärst im offiziellen Polizeidienst, aber du erwähnst immer wieder diesen Zhiruto. Ist das dein außerirdischer Leibwächter?"

Mit einem Mal erinnerte sie sich an das Gefühl von Zhirutos Muskeln und an seinen warmen maskulinen Duft, als er sie getragen hatte, und Lora errötete. „Er ist nicht *mein* Leibwächter. Er ist der Leibwächter des Prinzen. Und ich arbeite für die NSA als Kontaktperson."

„Kontaktperson? Ah ja." Maise grinste. „Eine Ermittlung mit einem heißen, oberkörperfreien Kerl zu führen, ist für dich wahrscheinlich ein wahrgewordenes Traumdate."

Lora verschränkte die Arme. „Zhiruto ist weder mein Date noch leite ich die Ermittlungen. Außerdem liegen hier mehr als ein Dutzend toter Außerirdische herum. Als Traumdate würde ich das nicht gerade bezeichnen. Zumal das weder der richtige Ort noch die richtige Zeit ist, um an heiße Kerle zu denken.“

„Du hast Recht.“ Maises Grinsen verschwand und sie senkte beschämt den Kopf. „Diese ganze Sache ist schrecklich.“

Lora nickte und fühlte sich wie eine Heuchlerin. Schließlich hatte sie sehr wohl daran gedacht, wie heiß Zhiruto war. „Lass uns ein paar Fragen durchgehen, damit ich dich nachhause schicken kann, okay?“

Maise nickte.

„Scheint dir jeder hier normal vorzukommen?“ Den Burendo geheim zu halten, würde die Befragungen erschweren. Zumindest war sie sich schon sicher, dass Maise wirklich die war, die sie vorgab, zu sein. „Ich suche nach jemandem, der nicht so schockiert war, wie er hätte sein sollen. Oder zu übertrieben schockiert reagiert hat. Merkwürdige Reaktionen aller Art.“

Maise überlegte eine Sekunde. „Meiner Meinung nach verhalten sich die Anwesenden ziemlich normal. Heather hat ununterbrochen geweint. Meg ist ihr übliches herrschsüchtiges Selbst. Ich nehme an, Tammy war etwas ruhiger als sonst, aber ich denke, sie steht unter Schock. Jemand meinte, sie und ihr Date hätten sich geküsst, als es passierte. Sie bekam überall blaues Zeug ab, als er sich auflöste, und die NSA hat ihr Kleid beschlagnahmt."

Lora schüttelte sich und sah zu Tammy, die mit hochgezogenen Knien auf dem Stuhl saß. Sie trug nur Unterwäsche und eine graue Decke um ihre Schultern. „Verdammt."

„Du solltest wahrscheinlich als nächstes mit ihr reden, damit sie von hier verschwinden kann. Ich denke, ein paar von uns werden nach heute Abend eine Therapie brauchen."

„Danke, Maise. Ich werde die Wachen wissen lassen, dass du gehen kannst."

Maise stand auf und sammelte ihre Hunde ein. „Ich werde diese beiden mit zu mir in die Tierpension nehmen. Gib mir Bescheid, wenn du mit jemandem sprichst, der seinen Hund vermisst."

„Werde ich."

Lora hatte gerade das Verhör mit Tammy beendet, als Zhiruto zurückkehrte. Die arme Frau hatte sich durch die Antworten gestottert, aber sie war eindeutig die Frau, die Lora ein paar Mal im Tierheim angetroffen hatte. Sie wies einen der Wachen an, Tammy ein Taxi zu rufen. Indessen hielt ihr Zhiruto einen Pappbecher hin.

„Die Menschen im Zelt trinken das alle. Ich dachte, du hättest vielleicht auch gerne etwas davon." Der dunkle, reichhaltige Duft nach heißem Kaffee wehte zu ihr.

„Gott, ja, danke", sagte sie und nahm einen dankbaren Schluck. Er hatte sogar die richtige Menge Sahne und Zucker hinzugefügt. Als Polizistin war sie es gewohnt, Spätschichten zu schieben – nur nie ohne Kaffee. Genüsslich schloss sie die Augen, als das koffeinhaltige Heißgetränk in ihrer Kehle brannte.

Zhiruto machte ein kleines Geräusch, das nach einem Knurren klang. Ihre Augen öffneten sich und blickten in hungrige Tiefen.

Ihre Kehle schnürte sich zu. „Willst du, äh, probieren?"

„Mehr, als du ahnst."

Sie wusste sofort, dass er nicht über den Kaffee sprach. Verlangen strömte durch sie und explodierte in ihrer Mitte. Die Intensität raubte ihr regelrecht den Atem.

Konzentriere dich auf den Job, du Idiotin, sagte sie sich. Männer machten sie ständig an, und ihnen einen Korb zu geben, war zu einer Selbstverständlichkeit geworden. Nur wenige waren jedoch wie Zhiruto gebaut. Sie schluckte, stellte den Kaffee beiseite und richtete ihre Augen auf die Liste der Teilnehmer, die ihr die NSA zur Verfügung gestellt hatte. „Bleiben wir bei der Sache. Wir haben noch einige Leute vor uns, also sollten wir besser weiter machen.“

Zhiruto nahm sich einen Stuhl von einem nahegelegenen Tisch und setzte sich. „Bitte fahre fort. Ich schätze deine Hilfe.“

Pepper legte ihren Kopf auf Zhirutos Schoß und er tippte mit der flachen Hand unsicher auf das Hundeköpfchen. Pepper winselte lauter.

„Pepper, hör auf, ihn zu belästigen, und leg dich hin.“

„Der Vierbeiner stört mich nicht, Loragriffin.“

Ein weiterer Schwall aus elektrisierenden Gefühlen raste durch Lora, als sie sah, wie seine große Hand über Peppers kurzes rotes Fell glitt. Verdammt,

Männer mit Hunden machten sie einfach heiß. Sie schüttelte ihre Gedanken ab, rief die nächste Person zu sich und versuchte, sich auf ihre Fragen zu konzentrieren, anstatt auf die hoch aufragende Männlichkeit neben ihr.

Die restlichen Befragungen verliefen ohne Komplikationen, und dann zeigte sich der Himmel im Osten auch schon in einer blassvioletten und goldenen Färbung, die den Sonnenaufgang ankündigte. Die typischen Laute des Morgens, vom Verkehr bis zu dem Zwitschern der Vögel, waren nun zu hören. Sie war sich sicher, dass sie unter den Frauen keine Aliens hatte. Ihre Identitäten waren durch spezifische Fragen über das Tierheim problemlos festzustellen gewesen. Ein sommersprossiger junger Mann mit blutunterlaufenen Augen, der bei der Veranstaltung als Kellner tätig gewesen war, hatte sie kurz panisch werden lassen, als er eine unsinnige Antwort herausstotterte, wie er an den Job gekommen war. Schnell erkannte sie jedoch, dass er gelogen hatte, weil er noch keine einundzwanzig war.

„Ich habe den C-Champagner nicht angerührt. Nicht einmal, um ihn zu servieren. Ich schwöre es."

Sie gab ihm seinen Führerschein zurück. „Ich lasse dich dieses Mal gehen, weil wir es mit weitreichenderen Problemen zu tun haben. Aber wenn wir dich erneut erwischen, kommst du nicht so leicht davon. Du kannst nachhause gehen."

„Danke, Officer." Der junge Mann stolperte davon.

Sie wandte sich an Zhiruto. „Das waren alle auf meiner Liste, außer Georgie und jemand namens Malorie Schmidt."

„Wir kümmern uns um die vermissten Frauen." Agent Randalls Stimme hinter ihrem Stuhl ließ sie zusammenzucken. Begleitet von drei Wachen trat er in ihr Sichtfeld. „Ich habe Agents zu ihnen nachhause und auf ihre Arbeitsstellen geschickt. Von nun an handelt es sich um eine klassifizierte Operation. Zeit für Sie zu gehen, Officer Griffin."

Zhiruto erhob sich. „Ihre Hilfe ist immer noch erforderlich. Ich muss den Attentäter finden."

„Sie hat mit den Zivilisten geholfen, aber der Rest ist nicht verhandelbar. Der Befehl kommt vom Präsidenten höchstpersönlich." Randall nagelte sie mit blutunterlaufenen Augen fest. „Meine Männer werden Sie zu Ihrem Fahrzeug eskortieren."

Lora wusste es besser, als sich zu widersetzen. Sie würde nur im Gefängnis landen, und dort wäre sie nun wirklich keine Hilfe. „Es ist in Ordnung, Zhiruto. Ich werde nach Malorie sehen." Sie zog ihr Handy heraus, nahm eine Visitenkarte aus dem Steckfach auf der Rückseite und gab sie Zhiruto. „Hier sind meine Kontaktinformationen, falls du mich brauchst."

Er starrte sie mit einem unergründlichen Gesichtsausdruck an, bei dem ihre Brust schmerzte, und sie erkannte, dass sie ihn vielleicht jetzt zum letzten Mal sah. So seltsam es auch war, sie wünschte, sie wären allein, damit sie ihn zum Abschied küssen könnte. *Dies war kein Date, Lora,* sagte sie sich. Zum Teufel, er fand sie wahrscheinlich nicht einmal attraktiv – schließlich hatte er auf eine andere Frau geboten.

Sie streckte ihre Hand aus. „Es war mir eine Ehre, mit dir zusammenzuarbeiten, Zhiruto. Tut mir leid, dass dein erster Besuch auf unserem Planeten eine Katastrophe war."

„Ich werde dich kontaktieren, Loragriffin. Danke für deine Hilfe."

Die Art und Weise, wie er sagte, er würde sie kontaktieren, weckte etwas in ihrem Bauch. Sie nickte und wandte sich ab. In dem Moment erinnerte sie sich daran, wie Maise ihn als ihr Traumdate beschrieben hatte. *Ich hoffe wirklich, dass er mich anruft,* dachte sie. Andererseits war sie sich nicht einmal sicher, ob er ein Handy hatte.

SECHS

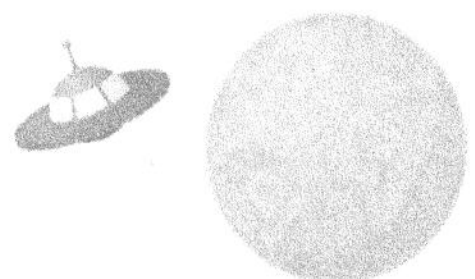

Zhiruto mochte es nicht, wie Loragriffin von Agent Randalls Männern weggeführt wurde, als wäre sie nicht mehr wert als ein streunender Ijin'ene, und wie es schien, war der Agent nicht bereit, Zhiruto mit seinen Ermittlungen entgegenzukommen. Der Mann zeigte auf das Zelt. „Ihr Heiler meinte, dass er seine Scans abgeschlossen hat und es keine weiteren Überlebenden gibt. Sie müssen mit den anderen warten, bis Ihr Raumschiff kommt."

„Der Attentäter könnte aus dem Park geflohen sein", antwortete Zhiruto mit einem abstoßenden Blick auf einen NSA-Mitarbeiter, der einen Wagen mit der rudimentären Scanausrüstung zu einem der Opfer schob. Kein Wunder, dass der Kaiser der Erde mehr Zeit geben wollte, bevor er die Grenzen öffnete – die Verantwortlichen hatten keinen Respekt vor anderen Kulturen. „Ich brauche die Erlaubnis, nach ihm suchen zu dürfen.“

„Wir kümmern uns darum. Wir haben die Stadt im Lockdown und kontrollieren den gesamten ausgehenden Verkehr.“ Agent Randall warf einen Blick auf Zhirutos Körper. „Wenn er wie Sie aussieht, wird er sich nicht lange verstecken können.“

Zhiruto öffnete den Mund, um zu erklären, dass der Attentäter genauso gut menschlich aussehen könnte, und erinnerte sich dann an Loragriffins Warnung, Randall nichts von dem Burendo zu erzählen. Er hatte nicht nur Loragriffin während der Interviews besser kennengelernt, sondern auch ihre Freunde. Die Frauen hatten nachhause gehen können, und er wollte nichts sagen, was ihnen im Nachhinein Probleme einhandeln könnte. Andererseits konnte er nicht zulassen, dass die NSA seine Ermittlungen beendete.

Er schaute auf die Karte, die Loragriffin ihm gegeben hatte. Er brauchte sie nicht, um sie zu finden – er konnte dafür auf die Interweb-Datenbank der Erde zugreifen –, aber es war das Einzige, was er von ihr hatte. Er wollte sie wiedersehen. *Ich könnte ihre Hilfe gebrauchen,* dachte er, als Agent Randall ihn zum Zelt stieß.

Der Geruch nach Tod durchdrang die Luft im Inneren, und die verbliebenen interstellaren Gäste standen oder saßen steif in einer Ecke, so weit wie möglich von den blauen Überresten des planetarischen Managers der IPV entfernt. Die Transportbox, die den Überlebenden hielt, schwebte auf der gegenüberliegenden Seite neben dem Heiler. Die durchsichtigen, abgerundeten Wände des Behälters enthüllten die trübe blaue Matrix des Kirenaianers im Inneren. Mehrfarbige Lichter blinkten von dem Bedienfeld auf der Oberseite.

„Bei der Freigabe des Raumschiffes kam es zu einer kleinen Verzögerung, aber Sie werden alle schon bald auf dem Weg nachhause sein", sagte Agent Randall in einem gespielt freundlichen Ton. „Haben Sie noch ein bisschen Geduld."

Aus seinem Mund klang Geduld wie eine Drohung, dachte Zhiruto, aber der Agent kehrte ohne eine weitere Bemerkung zu seinen eigenen Leuten zurück. Zhiruto seufzte und stellte sich neben den

Heiler. In Qalqanisch fragte er: „Wie geht es dem Überlebenden?“

„Er ist stabil. Ich werde eine zuverlässigere Prognose bekommen, sobald wir ihn in die IPV-Klinik gebracht haben.“

Zhiruto nickte. „Wie geht es euch allen?“

Der größere Khargalaner trat vor, seine Flügel ragten weit über seine Schultern hinaus. „Ich will meine Frau. Die Menschen haben meinen Leibeigenenvertrag außer Kraft gesetzt und sie befreit.“

Khargalaner konnten aggressiv werden, wenn es um Frauen ging; es wäre am besten, das Missverständnis aufzuklären, bevor die Dinge eskalierten. „Ich habe meine Leibeigene auch verloren“, bedauerte Zhiruto, obwohl er froh war, dass die Verbindung durchtrennt wurde. Viel lieber würde er seine Zeit auf der Erde mit Loragriffin verbringen. „Es scheint bei der Auktion zu einem kulturellen Missverständnis gekommen zu sein. Die Frauen verkauften etwas, das sie ein *Date* nennen – einen Abend in ihrer Gesellschaft, keinen Leibeigenenvertrag.“

„Was?“, brüllte der Khargalaner. Augenblicklich wirbelte er herum und starrte den ersten IPV-Vertreter nieder, den er finden konnte. „In meinen Dokumenten stand eindeutig, dass es sich um eine Leibeigenschaftsauktion handelt.“

Der Kirenaianer tippte auf sein Handgelenk, um eine Benutzeroberfläche aufzurufen, und rezitierte eine auswendig gelernte Antwort: „Am Ende des Vertrages steht eindeutig geschrieben, dass die IPV bei unvorhergesehenen kulturellen Missverständnissen von ihrer Verantwortung entbunden wird.“

Der Khargalaner hob seine steinartigen Fäuste und schien bereit, den IPV-Mitarbeiter in den Boden zu stampfen.

Das Letzte, was sie gerade brauchten, war ein Kampf. Die Menschen würden wahrscheinlich versuchen, sie bei den ersten Anzeichen auf Gewalt zu trennen, und Zhiruto hatte die Hilfe aller nötig, wenn er dem Zelt entkommen wollte. „Das können wir später noch mit der IPV besprechen – sobald wir den Planeten sicher verlassen haben. Im Moment muss ich von diesen Menschen wegkommen, damit ich meine Ermittlungen fortsetzen kann.“

„Gerne helfe ich", sagte der IPV-Vertreter, und alle außer dem wütenden Khargalaner nickten.

Zhiruto trat näher zu dem mürrischen Khargalaner. „Sobald die Sache vorbei ist, werde ich dafür sorgen, dass der Prinz jeden von euch für eure Mühen belohnt."

Der Khargalaner knurrte, grummelte jedoch Worte heraus, die Zhirutos Iki'i als Zustimmung verstand.

Der Heiler fuhr mit einer rosa Klaue über die Länge seines tragbaren Scanners und sagte: „Die Menschen scheinen nicht in der Lage zu sein, Leben in einer Kirenai-Matrix zu erkennen. Vielleicht könntest du deinen Tod vortäuschen, indem du in deinen Ruhezustand eintrittst. Dann würden sich die Agents nicht mehr um deinen Verbleib kümmern."

Zhiruto erinnerte sich an die Art und Weise, wie die Agents die kirenaianischen Überreste angestupst und darin herumgestochert hatten. „Sie untersuchen die Toten ziemlich genau. Ich denke, sie würden es bemerken, wenn ich erst tot umfiele und dann plötzlich vermisst würde."

Der Fogarianer räusperte sich und rannte mit einer Hand über einen seiner buschigen, roten Koteletten. „Verzeih mir, aber alle Kirenaianer in dieser Form sehen gleich aus." Er schaute auf den toten Kirenaianer in der Ecke. „Wenn du auf einem der anderen in deinen Ruhezustand eintreten würdest, würden die Menschen vielleicht nicht merken, dass du geflüchtet bist."

Bei dem Gedanken, sich mit der Matrix eines anderen Kirenaianers zu vermischen, verspürte Zhiruto Abscheu, aber der Plan hatte etwas für sich. Er wandte sich an den Heiler. „Hast du feststellen können, ob das Gift übertragbar ist?"

Der Heiler schüttelte den Kopf. „Noch nicht. Ich könnte jedoch eine vorübergehende statische Barriere über die Überreste legen, die eure Matrizen trennen sollte. Gib mir ein paar Minuten."

Zhiruto folgte dem Heiler zu den Überresten. Der saure Geruch des toten Kirenaianers wehte zu ihm, als der Heiler den Stab über die geleeartige Oberfläche kreisen ließ. Den Park auf eigene Faust zu verlassen, war vielleicht nicht die beste Idee, aber er konnte es sich auch nicht leisten, mit den anderen weggesperrt zu werden.

„Das Feld steht", sagte der Heiler.

„Danke." Zhiruto streckte die Hand aus und berührte die Matrix. Das schwache, kalte Gefühl des statischen Feldes traf auf seine Fingerspitzen. Er hoffte, den Kontakt nicht zu lange aufrechterhalten zu müssen.

Er warf einen Blick auf die Menschen am Eingang des Zeltes. Einer der Wachen beobachtete ihn ausdruckslos, aber Zhiruto spürte, wie die Neugierde auf sein Iki'i traf. Geplant hatten sie in Qalqanisch, also machte er sich keine Sorgen um die Menschen. Allerdings wäre es ratsam, mehr Augen auf sich zu haben, sodass die Agents keinen Zweifel daran haben würden, was passiert war. Er brüllte los, als hätte er Schmerzen, löste seine zelluläre Matrix auf und kollabierte nach vorne auf die Über-reste, wobei er sich in eine flache Form verwandelte und seine Größe minimierte.

Die Wache rief um Hilfe, und Agent Randall hastete mit anderen Menschen herüber.

Das Gehör und das Sehvermögen eines Kirenaianers waren im Ruhezustand weniger ausgeprägt, aber Zhiruto konnte sehen, wie die verschwommene Form des Heilers die Menschen abschirmte. „Ich habe ihn gewarnt, dass das Gift übertragbar sein könnte, jedoch wollte er nicht hören und hat die Überreste berührt." Der Heiler wedelte mit dem Scanner. „Das kommt davon."

Agent Randall stemmte die Hände in seine Hüften. Seine Stiefel waren Zhirutos abgeflachter Matrix besorgniserregend nah. Der Agent entließ eine Reihe von menschlichen Kraftausdrücken – irgendetwas mit Exkrementen und Fortpflanzung –, bevor er schrie: „Bringt sofort unser verdammtes MRT-Gerät hier rein! Ich will so viele Daten wie möglich!"

Zhiruto blieb unbeweglich, obwohl jede Faser seines Wesens sich winden wollte. Der Heiler unternahm ein paar nutzlose Versuche, die Menschen daran zu hindern, ihre Maschinen zu benutzen.

Agent Randall ließ den Qalqaner zu den anderen bringen. „Gehen Sie uns aus dem Weg. Wenn das, was das verursacht, übertragbar ist, muss ich sicherstellen, dass es sich nicht auf Menschen ausbreiten kann."

„Ich versichere Ihnen, dass das nicht möglich ist", protestierte der Heiler.

Agent Randall rief jedoch bereits Verstärkung zu sich, um den Heiler und die anderen aus Zhirutos Reichweite zu bringen.

Zhiruto blieb ruhig, bewegte sich nicht und ertrug viele Nadeln, die seine Matrix durchbohrten, sowie ausgedehnte magnetische Scans, trotz der Versuche des Heilers, sie zu stoppen. Er wurde immer ungeduldiger, musste aber warten, bis die Sonne ihren Zenit passierte. Die Dunkelheit trat ein, bevor die Menschen sich eingestanden, dass von ihm kein Lebenszeichen ausging.

Agent Randall lief an der verbliebenen Gruppe vorbei. „Niemand bewegt sich oder berührt etwas, bis alle wieder in ihren Raumschiffen sind. Ich brauche keine weiteren Pannen auf menschlichem Boden."

Er verließ das Zelt. Die anderen Menschen kehrten zu ihren Datenpads zurück, und die Wachen positionierten sich erneut am Ausgang.

Langsam rutschte Zhiruto unter den nahegelegenen Tisch, der an der Zeltwand Platz fand, sodass er darunter durchschlüpfen konnte. Gras und eine kühle Brise begrüßten ihn, und das gelbe Material des Zeltes erhob und bebte über ihm wie ein großes

Tier, das versuchte, ihn zu verschlingen. Die Menschen hatten im ganzen Park grelle Lichter aufgestellt, und die Büsche boten wenig Deckung. Er streckte sich lang und dünn und glitt am Zelt entlang in die Schatten, während er mit seinem Iki'i eine Warnung aussandte.

So schnell er konnte, bewegte er sich auf die Bäume zu, ins Unterholz, bis er einen Maschendrahtzaun erreichte. Auf der anderen Seite war das Land durch weitere Zäune geteilt, wo die Menschen zu wohnen schienen. Obwohl es dunkel war, waren viele der Menschen wach und hielten sich im Freien auf, saßen auf Stühlen im Gras oder schlenderten durch die Nachbarschaft.

Zhiruto musste seine menschliche Form wieder annehmen, damit er Loragriffin anrufen konnte. Dumm war nur, dass Agent Randall mit einer Sache recht behielt: Es wäre nicht einfach, sich unter die Menschen zu mischen. Am Zaun entlang ging es weiter; er wich einem bellenden Vierbeiner aus, der tiefe Aggression ausstrahlte. Als er ein ruhiges Domizil erreichte, quetschte er sich durch zwei Zaunlatten und nahm wieder seine menschliche Gestalt an.

Eine Wand aus flatternden Tüchern erstreckte sich in der Nähe des Gebäudes zwischen zwei Pfosten, und es dauerte einen Moment, bis Zhiruto erkannte, dass es sich um Kleidung handelte. Er hatte keine Ahnung, warum jemand so etwas anziehen würde, und er hoffte, dass er kein heiliges Ritual störte, indem er ein kurzärmeliges, graues Oberteil von der Leine riss. Obwohl es nicht geregnet hatte, war der Stoff nass und hatte einen angenehmen Duft.

Er zog das Oberteil über den Kopf, schaute an seiner Vorderseite nach unten und verglich seine nachgeahmte blaue Hose mit einer grauen von der Leine. *Wahrscheinlich sollte ich nutzen, was mir zur Verfügung steht.* Er riss die Hose von der Schnur und passte seine Beine an, um den unangenehm nassen Stoff auf seine Hüfte zu ziehen.

Das meiste von ihm sah jetzt menschlich aus. Es würde jedoch nicht reichen, um sich ungestört unter den Menschen zu bewegen. Er würde auffallen. Ein Quadrat aus gelbem Stoff, bedruckt mit rosafarbenen, langohrigen Kreaturen, hing neben der Kleidung und er benutzte es, um seinen Kopf und seine Schultern zu bedecken. Er hatte keine Menschen gesehen, die ihre Köpfe auf diese Weise bedeckten. Andererseits hatte er auch niemanden mit blauen

Haaren gesehen, also war es möglich, dass sie es taten. Zumindest war dieser Stoff menschlich.

Er tippte auf den in seinem Arm eingebetteten Mikrochip, brachte seine Kommunikationsschnittstelle zum Vorschein und kontaktierte Loragriffin.

SIEBEN

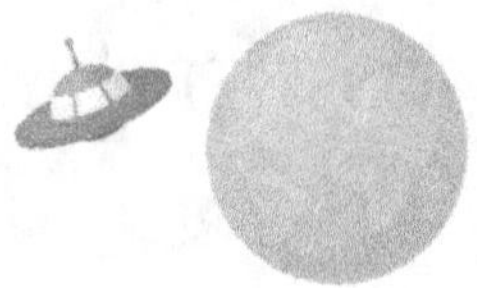

Lora träumte von großen blauen Händen, die über ihre Haut glitten, als plötzlich ihr Handy klingelte. Stöhnend öffnete sie die Augen und tastete nach dem Telefon. Die eingehende Nummer wurde unterdrückt.

„Verdammt", fluchte sie, ließ das Handy fallen und drehte sich auf dem Bett um. Sie hatte den Morgen auf der Wache verbracht, um Berichte auszufüllen, und sich dann auf die Suche nach Malorie begeben, die bereits von der NSA abgeholt worden war. Danach war sie immer wieder zu Alien-Willkommensfeiern in der Stadt abberufen worden, bei denen es regelmäßig zu Auseinandersetzungen gekommen war. Endlich zuhause angekommen, hatte sie es kaum geschafft, zu duschen, bevor sie ins Bett gefallen war und wie ein Stein geschlafen hatte.

Eine gedämpfte Stimme erreichte sie von der Stelle auf der Matratze, wo sie das Handy fallen gelassen hatte. „Loragriffin, bist du da?"

Sie zuckte in eine aufrechte Position. „Zhiruto?"

Am Fußende des Bettes stöhnte Pepper und streckte sich.

Lora fand das Handy und drehte es um. Zhirutos Gesicht starrte sie vom Display an – sie musste versehentlich den Videoanruf angenommen haben. Ein Nervenkitzel raste durch sie. *Er hat tatsächlich angerufen!* Gott, sie hoffte, dass sie nicht wie eine Vogelscheuche aussah. Sie fuhr sich mit den Fingern durch die Haare und war froh, dass sie sich ein Schlafshirt angezogen hatte, bevor sie ins Bett gekrabbelt war. Nun gab sie sich alle Mühe, gelassen zu klingen. „Hey, was geht?"

„Du musst mich abholen."

„Agent Randall hat dich gehen lassen?" Sie war sich sicher gewesen, dass der NSA-Agent die Außerirdischen bis zum Jüngsten Tag wegsperren würde.

Zhiruto schüttelte den Kopf. „Ich werde dir alles erklären, wenn wir uns sehen."

Sie kniff die Augen zusammen. Das klang nach Ärger, und das Letzte, was sie brauchte, war, dass die NSA ihr im Nacken saß, weil sie einem geflohenen Außerirdischen zu Hilfe gekommen war. Trotz allem antwortete sie: „Wo bist du?"

„Ich habe meine Koordinaten an dein Fahrzeug übermittelt. Bitte beeile dich."

Er hat sich in meinen Dienstwagen gehackt? Sie sollte nicht überrascht sein. Seine Alien-Technologie konnte wahrscheinlich auf alles zugreifen. Sie nahm an, dass es nicht schaden würde, ihn anzuhören. Um genau zu sein, war er ein Kollege von ihr, auch wenn er von einem anderen Planeten stammte. „In Ordnung. Ich bin unterwegs."

Sie legte auf, schwang ihre Beine über die Bettkante und ließ den Blick über ihr unordentliches Schlafzimmer schweifen. In der Nähe des Badezimmers lag ihr Kleid in einem Haufen auf dem Boden, und mehrere Tage schmutziger Kleidung füllte ihren Wäschekorb. In einem zweiten Korb am Fußende ihres Bettes befand sich saubere, aber ungefaltete Kleidung. Obwohl sie dachte, dass der letzte Ort, den er sehen würde, ihr Schlafzimmer war, schob sie schnell alles in ihren Schrank und räumte die Oberfläche ihrer Kommode auf, bevor sie eine frische Jeans und ein schwarzes Tanktop mit V-Ausschnitt anzog.

Pepper folgte ihr ins Badezimmer und beobachtete mit hoffnungsvollen Augen, wie Lora eine Schicht Mascara auf ihre Wimpern auftrug und ihre Wangen mit Blush zum Leben erweckte. „Du bleibst hier, Mädchen." Sie kraulte den Kopf des Coonhounds. „Ich bin bald zurück."

Pepper schnaufte resigniert und senkte das Kinn wieder auf ihre Pfoten.

Lora raste ins Erdgeschoss und lief durch die altmodische Küche mit ihren dunklen Pressspanschränken und dem senfgelben Kühlschrank, der sich weigerte, zu sterben. Das Haus war winzig und musste renoviert werden, aber sie hatte es für einen Spottpreis bekommen, und die Nachbarschaft war angenehm.

Ihr Polizeifahrzeug wartete vor der Hintertür. Musik und Stimmen hallten von benachbarten Gärten zu ihr, in denen sich die Menschen in der Hoffnung versammelt hatten, einen Blick auf die Außerirdischen oder ihre Raumschiffe zu erhaschen. Sie schaltete das Navigationssystem des Autos ein und eine Karte mit einem angehefteten Standort in der Nähe des Hundeparks erschien. Nicht weit von ihr. Sie startete den Motor, fuhr rückwärts aus der Einfahrt und reihte sich in den Verkehr.

Kleine Gruppen von Menschen, die wie Außerirdische gekleidet waren, bevölkerten die Bürgersteige. Plastikantennen an Haarreifen, grünes Make-up und auffällige silberne Kleidung schienen der bevorzugte Stil zu sein, obwohl sie den Aliens auf der Party kein bisschen ähnelten, geschweige denn den Außerirdischen auf den alten Fotos in Peking. Der Attentäter hätte keine Probleme, sich unter eine solche Menschenmenge zu mischen.

Ihr Handy klingelte und sie warf einen Blick auf das Armaturenbrett. Maise. Ein Anruf so spät am Abend war für ihre Freundin eher ungewöhnlich, aber sie wollte wahrscheinlich alle Informationen zu Zhiruto aus ihr herauskitzeln. Mit dieser neuesten Entwicklung war Lora nicht bereit zu reden. Sie lehnte den

Anruf ab und bog in die Maple Street. Jeder Parkplatz und jede Einfahrt waren mit Autos überfüllt, und auf einigen Rasenflächen standen handgemachte Schilder, die über Gebühren zum Parken informierten. Die Leute saßen mit Bierflaschen auf Liegestühlen und an Picknicktischen und blickten in den Himmel.

Das könnte interessant werden, dachte sie, als sie sich Zhirutos Standort näherte. Hinter einem weißen Toyota Corolla hielt sie an und suchte die Gegend nach einem großen blauen Alien ab. Die Veranden waren voller Menschen, und zwei Häuser weiter sah sie Teenager, die im Dunkeln Badminton auf dem Rasen spielten. Ein Anzeichen auf Zhiruto gab es jedoch nicht.

Hinter ihr hielt ein grüner Suburban. *Großartig.* Jetzt blockierte sie auch noch den Verkehr. Sie wollte ihr Licht nicht einschalten und zusätzliche Aufmerksamkeit erregen, also rollte sie ihr Fenster herunter und winkte, damit das Fahrzeug vorbeifuhr. Als der SUV sie langsam passierte, wurde sie von den drei Kindern auf dem Rücksitz angestarrt.

In diesem Moment näherten sich lautstark mehrere Hubschrauber. Sie lehnte sich vor, um durch die

Windschutzscheibe zu schauen, als eine Flotte aus sechs Militärhubschraubern über den Park flog. *Verdammt, Agent Randall hat die Kavallerie gerufen.* Suchten sie nach Zhiruto?

Jemand klopfte an die Scheibe der Beifahrerseite und ihr Kopf zuckte herum. Zhirutos Gesicht blickte sie durch das Glas an, halb versteckt von einer gelben Babydecke mit rosa Kaninchen. Sie entriegelte das Auto und er rutschte anmutig neben sie.

„Ich schlage vor, dass wir diese Gegend sofort verlassen, Loragriffin."

Sie legte den passenden Gang ein, fuhr auf die Straße und musste zugeben, dass er mit der Decke entzückend aussah. „Was ist los? Suchen diese Hubschrauber nach dir?"

„Niemand wird nach mir suchen. Agent Randall denkt, dass ich tot bin."

Sie schaute ihn überrascht an. „Wie hast du das geschafft?"

„Ich bin einfach in meinen Ruhezustand eingetreten und er nahm an, dass ich tot sei."

Als sie an den Überlebenden dachte, ergab seine Erklärung Sinn. Sie bog in die Straße zu ihrem Haus. „Schlau von dir.“

Innerhalb weniger Minuten fuhr sie in ihre Einfahrt. Sie schaltete den Motor ab und drehte sich zu ihm, um weitere Fragen zu stellen, aber er stieg bereits aus dem Auto.

Sie holte ihn ein, als er die zwei Stufen zu ihrer Hintertür nahm. So sehr es ihr auch missfiel, einen Fremden – noch dazu einen Alien – in ihr Haus zu bringen, so mochte sie es noch weniger, mit ihm auf einer Veranda zu stehen. Demnach schob sie ihren Schlüssel in das Schloss und öffnete die Tür.

Pepper saß wartend in der Dunkelheit und schlug mit ihrem Schwanz wie mit einem Schlagzeugstock auf den Boden. Sie machte das kehlige, aufgeregte Geräusch, mit dem sie ihre Lieblingsmenschen stets begrüßte.

Zhiruto legte eine Hand auf den Kopf des Hundes, wodurch Peppers gesamter Körper vor Aufregung zu beben begann. Dass Pepper ihn mochte, half, Loras Bedenken, einen Fremden in ihr Haus zu lassen, zu lindern.

Zhiruto ging an Pepper vorbei und sah sich in der Küche im Galeere-Stil um. „Ist das dein Wohnsitz?"

Diskret stieß sie eine leere Pizzabox von der Arbeitsfläche in den Müll, bevor sie das Licht einschaltete. Zum Glück war die Küche recht sauber. „Ja, das ist mein Haus. Jetzt sag mir bitte, was du von mir willst. Ich könnte in große Schwierigkeiten geraten, wenn ich dich verstecke."

Er ließ die Babydecke von seinen Schultern rutschen, enthüllte seine lange Mähne aus marineblauem Haar und spähte durch den Torbogen ins Wohnzimmer. Irgendwie war er an ein T-Shirt gekommen, und es schmiegte sich schmeichelhaft um seine Schultern und Arme. Ihr Blick glitt über seinen Rücken nach unten und sie bewunderte auch den Rest von ihm.

Er drehte sich wieder zu ihr und sie brauchte einen Herzschlag zu lange, um ihre Augen zu seinem Gesicht zu heben. Verdammt, natürlich hatte er sie beim Gaffen erwischt. Sie verschränkte die Arme, um ihre Verlegenheit zu verbergen. „Sonst ist niemand hier, also kannst du frei sprechen."

Auch er verschränkte seine Arme. „Wie du vorgeschlagen hast, habe ich der NSA nichts von dem

Burendo erzählt. Agent Randall lässt Männer außerhalb des Parks suchen, aber sie glauben, dass sie nach jemandem fahnden, der nicht menschlich aussieht. Der Attentäter wird sich leicht ihrer Aufmerksamkeit entziehen. Ich brauche deine Hilfe, um ihn zu finden."

Sie dachte an die Leute, die sich auf den Straßen versammelten. „Stellt er für andere Menschen eine Bedrohung dar?"

„Er hat keinen Grund, den Einheimischen wehzutun – es sei denn natürlich, er fühlt sich in die Enge getrieben." Die Laute von Hubschraubern, die über die Nachbarschaft flogen, hallten im Haus wider, und Zhiruto hob den Kopf zur Decke. „Eure NSA scheint nicht in der Lage zu sein, diskret vorzugehen. Es ist gut, dass Agent Randall die Wahrheit nicht kennt, sonst würde der Burendo seine Bemühungen, sich anzupassen, verdoppeln."

Sie lachte laut auf. „Die NSA ist stolz darauf, unter dem Radar zu operieren." Dann erinnerte sie sich an die Hubschrauberflotte und ihr kam ein Gedanke. „Es sei denn, die Regierung versucht, mit dieser Aktion etwas Größeres zu verschleiern."

„Was meinst du damit?"

Sie stellte sich geheime unterirdische Testlabore mit Außerirdischen vor, die in Tanks schwammen. Da sie wusste, dass noch Außerirdische im Park waren, bemühte sie sich, ihn nicht zu beunruhigen, und sagte: „Nur, dass es gut ist, dass du entkommen konntest."

Zhiruto sah sich die Fotos an ihrem Kühlschrank an. Er zeigte auf das Schulfoto ihrer Nichte, die mit ihrem Grinsen ihre Zahnlücken präsentierte. „Hast du Kinder?"

„Nein. Das sind die Kinder meines Bruders." Sie legte ihre Schlüssel und ihr Handy auf die Arbeitsfläche neben der Tür.

Er drehte den Kopf und sah sie an. „Kümmern sich menschliche Geschwister um die Nachkommen des anderen?"

„Wenn du damit meinst, dass wir ihnen Zuneigung schenken, dann ja. Aber ich kümmere mich nicht tagtäglich um sie. Sie leben in Houston, also sehe ich sie nur ein paar Mal im Jahr."

„Warum hast du keine eigenen Kinder?" Sein Blick war so durchdringend, dass sie einen Schritt zurücktreten wollte. *Oder nach vorne.* Sie konnte sich nicht entscheiden.

Stattdessen runzelte sie die Stirn. „Na ja, nicht jede Frau will Kinder."

Seine Lippen zierte ein schiefes Lächeln und seine Augen glitten über ihre Brüste und ihre Hüfte. „Deine Kinder wären bezaubernd."

Noch nie in ihrem Leben war sie bei dem Thema Babys so heiß geworden. Sie musste zugeben, dass alles an Zhiruto ihre Hormone in Schwung brachte. *Vielleicht sollte ich ihn einfach ficken und mich von dieser Besessenheit befreien.* Allerdings war Zhiruto ein Außerirdischer. Sie hatte keine Ahnung, ob seine Spezies überhaupt Sex hatte – sie waren schließlich amorphe ... Kleckse. Und doch empfand sie seine gegenwärtige Form als extrem anziehend, sodass sie sich nicht einmal vorstellen konnte, wie heiß er sie in seinem nackten Zustand machen würde.

Sie zwang sich, sich wieder auf seine Bitte um Hilfe zu konzentrieren. „Lass uns ins Wohnzimmer gehen und deinen Plan besprechen."

Sie ging an ihm vorbei durch den Torbogen, lief direkt zu den Fenstern, die zur Straße zeigten, und riss die Vorhänge zu. Das Letzte, was sie brauchte, war ein neugieriger Nachbar, der ein großes blaues Alien auf ihrem Sofa sah.

„Bitte ignoriere die Hundehaare", sagte sie, als sie eine Lampe anmachte. Sie drehte sich wieder zu ihm und entdeckte Zhiruto bereits auf der Couch. Pepper war neben ihn gesprungen und ruhte ihren Kopf auf seinem Schoß. Ein ungebetenes Lächeln zeigte sich auf Loras Lippen. „Und ignoriere den aufdringlichen Hund. Pepper, geh runter."

Er lächelte. „Pepper ist sehr anschmiegsam. Ich kann verstehen, warum Menschen diese Vierbeiner so sehr schätzen."

Sie half Pepper auf den Boden und setzte sich dann mit einem respektablen Abstand zu ihm auf die Couch. Der Coonhound wedelte gemächlich mit dem Schwanz. „Ich bin froh, dass du sie magst."

Zhiruto machte es sich bequem, näherte sich ihr dabei und streckte die Hand aus, um Pepper hinter den Ohren zu kraulen. „Ich mag euch beide."

Gütiger Gott, ging es noch kitschiger? Nichtsdestotrotz ging es Lora nicht anders. Er war auf eine Weise aufrichtig, wie es nur wenige Menschen-männer schafften.

„Danke. Wir mögen dich auch." Sie räusperte sich. „Also … um auf den Attentäter zurückzukommen. Hast du einen Plan?"

„Ich glaube nicht, dass sich der Attentäter weit vom Park entfernt hat. Er wird sich Zeit nehmen, um eure Bräuche zu lernen, bevor er versucht, sich unter die Menschen zu mischen."

„Du benutzt immer wieder das Personalpronomen *Er*. Bist du sicher, dass es ein Mann ist?"

„Der Attentäter ist männlich. Alle Kirenaianer sind männlich."

„Alles Männer?" Sie versuchte, diese Information zu verarbeiten. „Wie funktioniert das?"

Pepper entfernte sich, schnappte sich ihr Kauspielzeug und legte sich nicht weit von ihnen auf den Boden. Zhiruto ließ seine Hand auf die Kissen zwischen ihnen fallen und so streifte er mit seinem kleinen Finger ihren Schenkel. Sie musste alles geben, um nicht zu erschauern. „Als Gestaltwandler sind wir in der Lage, uns mit den Weibchen vieler verschiedener Arten zu paaren."

Alien-Fortpflanzung sollte das Letzte sein, woran sie jetzt gerade denken sollte. Doch in diesem Moment, mit seiner Hand direkt neben ihrem Oberschenkel, war es das *Einzige*, woran sie denken konnte – und wollte. Bevor sie wusste, was passierte, lehnte er sich zu ihr.

ACHT

Verlangen strahlte von Loragriffin und breitete sich in Zhiruto wie eine Droge aus. Er wusste, dass er sich darauf konzentrieren musste, den Attentäter zu finden. Als sie jedoch ihr Kinn nach oben neigte, konnte er nicht länger widerstehen. Er lehnte sich vor und fand ihre Lippen mit seinen.

Dieser erste Moment des Kontakts fühlte sich an wie eine Explosion, die ihn bis ins Mark erschütterte. Die Empfindung, von der jeder Kirenaianer träumte. Der Moment, in dem sich eine perfekte Verbindung formte. Er kümmerte sich nicht mehr darum, ob er sie schwängern und seinen Job als Sicherheitschef des Prinzen verlor. Nur sie zählte noch. Er öffnete seinen Mund und presste seine Zunge zwischen ihre Lippen. Er verzehrte sich so verzweifelt nach ihr, als wäre sie das Leben selbst.

Sie erwiderte seine Bemühungen mit der gleichen Leidenschaft und öffnete sich unter seiner Zunge auf eine Weise, die seinen menschlichen Herzschlag beschleunigte. Sie war die erstaunlichste Frau, der er jemals begegnet war, und er wusste, wenn er sie nahm und sie für sich beanspruchte, würde es kein Zurück geben. Sein Iki'i war betrunken vor Verlangen. Sie war berauschend. Unwiderstehlich. Bevor er merkte, was er tat, hob er seine rechte Hand zu ihrer Brust.

Sie stöhnte mit einer Hingabe in seinen Mund, die seinen Schwanz anschwellen ließ und die Menschenhose an ihre Grenze brachte.

Er lehnte sich näher und verschlang sie mit seinem Kuss, während seine Finger den harten Nippel durch ihre Kleidung betörten.

Sie griff nach seinem Bund und löste den Knopf. Sein Schwanz sprang heraus und sie fand ihn mit der Hand, berührte ihn, sodass ihm schwindelig wurde.

Ein überraschter Laut entrang ihr. Sie unterbrach den Kuss und ihr Blick ging zu seinem Schritt. „Guter Gott, du bist riesig."

Ihre Beklommenheit brachte ihn wieder zur Besinnung. Er konnte sie nicht so nehmen, wie er wollte. Er konnte es nicht riskieren, sie zu schwängern. Väter von Kirenai Prime sahen ihre Kinder als die höchste Priorität, und für ihn stand seine Pflicht gegenüber dem Prinzen an erster Stelle. Er versuchte, seinen Reißverschluss zu schließen, aber sein harter Schaft war im Weg. „Wir müssen aufhören."

Sie legte eine Hand auf seine, während ihr Verlangen noch immer gegen sein Iki'i schlug. „Ich meine mit der Bemerkung über deine Größe nicht, dass ich dich nicht will."

„Ich werde nicht riskieren, dich zu schwängern." Seine Aufmerksamkeit fiel auf ihren Bauch. Der Gedanke, sie mit einem Baby anschwellen zu sehen, ließ seinen Schwanz noch härter werden.

Ein sanftes Lachen lenkte seine Aufmerksamkeit wieder auf ihr Gesicht. „Du wirst mich nicht schwängern. Dafür gibt es schließlich Verhütungsmittel, und ich glaube fest daran, stets zwei

Optionen zu benutzen. Bestimmt schaffen wir es, ein Kondom über deine Länge zu rollen.“

Sein Universalübersetzer überflutete ihn mit Informationen über Verhütungsmittel und Kondome. Die meisten Arten im Konsortium hatten Schwierigkeiten, die Geburtenraten auf einem hohen Level zu halten. Hingegen waren die Menschen so fruchtbar, dass sie einen Weg finden mussten, den Bevölkerungswachstum zu kontrollieren. Er entspannte seinen Griff am Verschluss seiner Hose. „Du wirst nicht schwanger werden?“

Sie schob seine Hand weg und wickelte ihre Finger um seinen Schaft. „Habt ihr keine Verhütungsmittel auf deinem Planeten?“

Er bebte vor Lust. Wie sollte er sein Gehirn benutzen, wenn sie seine empfindliche Schwanzspitze betörte. „Dafür gibt es bei uns keine Notwendigkeit. Kinder sind ein seltener Segen.“

„Warte genau hier.“ Sie erhob sich von der Couch und eilte hinter einem riesigen, an der Wand montierten Telemonitor eine Treppe hinauf. Innerhalb weniger Augenblicke kam sie mit einem glänzenden kleinen Quadrat in einer Hand zurück. Sie warf es auf den Tisch vor der Couch.

„Das ist das Kondom, von dem du gesprochen hast?"

„Ja, aber wir müssen es noch nicht drüberziehen." Sie setzte sich rittlings auf ihn. Er konnte die Wärme, die von dem Bereich zwischen ihren Schenkeln abstrahlte, durch ihre Hose an seinem Schwanz spüren.

Sie lehnte sich vor und fand seine Lippen erneut mit ihren. Gleichzeitig fuhr sie mit den Fingern am Nacken in seine Haare.

Jetzt, da er sich nicht mehr um Kinder sorgen musste, kehrte sein Verlangen mit voller Wucht zurück. Mit beiden Händen packte er ihre Hüften und erlaubte ihr, sich auszutoben.

Sie küsste ihn tief und leidenschaftlich, rotierte sinnlich ihre Hüfte und rieb in einem langsamen Rhythmus über seine Erektion, bis er so hart war, dass er sich fragte, wie lange es dauern würde, bevor seine Kontrolle brach. Sie stöhnte ihre Lust heraus, aber er konnte spüren, dass sie sich nach mehr sehnte. Er bewegte seine Hand zu dem Knopf an ihrer Taille und war froh, dass er die Funktionsweise menschlicher Kleidung an seinem eigenen Körper erlebt hatte.

Geschickt öffnete er den Knopf, schob seine Finger hinein und glitt über das seidenweiche Haar ihres Intimbereichs. Sie schnappte nach Luft und ihr Rücken wölbte sich. Instinktiv spreizte sie ihre Beine auseinander. Er wagte sich weiter vor und glitt zwischen ihre Schamlippen. Eine heiße, nasse Perle pulsierte unter seinen Fingern. Sein Iki'i summte vor Erregung, und er rieb mit seinem Mittelfinger über das anschwellende Nervenbündel und liebte es, wie sie ihre Bewegungen seinen anpasste.

Dies war die primitivste Erfahrung seines Lebens, ein Instinkt, der ihm vollkommen neu war. Er folgte der Spalte und fand eine feuchte Öffnung. Der Wunsch, diesen Bereich zu füllen – tief in sie einzutauchen – verzehrte ihn.

Den Gedanken noch nicht vollständig beendet, zog sie sich von ihm zurück und stand auf. Hastig entledigte sie sich ihrer Hose und entblößte sich so vor seinem Blick.

Sein Schwanz pulsierte, der dicke Schaft schien ein ganz eigenes Verlangen zu haben und zuckte bei dem Anblick ihrer Nacktheit.

Ihre obere Hälfte war noch immer bedeckt und so ließ sie sich zwischen seinen Beinen auf die Knie nieder, lehnte sich vor und nahm die Spitze seines Schwanzes in ihren Mund. Er tauchte in nasse Hitze und das Gefühl war überwältigend. Ihre Zunge neckte seine Eichel und auf der Suche nach mehr buckelte er. Ihr Mund nahm die Hälfte seiner Länge in sich auf, während sich ihre Hand um seinen Schaft legte und auf und ab glitt.

Seine Augen rollten in seinen Kopf zurück. Er hatte noch nie eine Partnerin gehabt, die so sehr darauf bedacht war, ihn zu befriedigen.

Ihre andere Hand wanderte in seine Hose, und er wusste genau, dass sie nach seinem Hoden suchte. Er musste sich darauf konzentrieren, seinen Sekundärschwanz zu bändigen; sein Paarungsschaft war für die Zeit gedacht, in der er mit einer Partnerin einen Bund einging und ihr die genetischen Marker schenkte, die sie für immer als seine markieren würden. *Heute ging es nur um Spaß*, erinnerte er sich.

Sie fand seine Eier, und er war wieder einmal überrascht von dem Gefühl, das er empfand, als sie ihn massierte und gleichzeitig an ihm saugte. Ihre Bemühungen wurden durch seine Hose etwas gestört. Er wollte mehr fühlen, wollte, dass sie ihn richtig zu fassen bekam, wollte, dass sein Hoden gegen ihren Arsch prallte, wenn er sie hart nahm.

Er hatte wirklich genug von dieser unsinnigen Menschenkleidung, und so schob er Loragriffin sanft von sich, stand auf und entledigte sich des dicken Materials um seine Beine.

Sie entließ einen wertschätzenden Seufzer, griff nach dem Kondom und riss das kleine Quadrat mit den Zähnen auf. Sie zog eine kleine, dünne Scheibe heraus. „Lass mich."

Sie platzierte die Scheibe auf seine Eichel und rollte die Ränder über seinen Schaft. Das Material legte sich eng um ihn, aber es war nicht der Druck, nach dem er sich sehnte.

Er zog sie auf die Füße, packte sie an ihren Hüften und hob sie an, bis die Hitze ihrer Mitte über seinem Schaft schwebte. „Ich muss in dir sein."

Ihre Augen waren rund, das Schwarz ihrer Pupillen auf eine Weise geweitet, sodass ihre schokoladen-braune Iris kaum noch zu erkennen war. Sie legte ihre Beine um seine Taille, schlang ihre Arme um seinen Hals und lehnte sich für einen Kuss zu ihm.

Ihre Fersen gruben sich in seinen Hintern und trieben seine Länge in ihre Enge, als sie ihr Becken auf eine Weise ausrichtete, um ihn zu akzeptieren.

Er zog sie auf seinen Schaft und passte seine Größe an ihr Vergnügen an, bis ihre Hüften aufeinandertrafen. *Kuzara,* sie war perfekt, ihre Lust auf seine abgestimmt. Das Kondom dämpfte die Empfindung leicht, was vielleicht gut war, wenn man ihre Wirkung auf ihn bedachte.

Sie kam mit ihrer Hüfte seiner entgegen, vor und zurück, zog die Wände ihres Geschlechts um ihn zusammen, dehnte sich um seine Länge.

„Oh Gott, fick mich", murmelte sie an seinen Lippen, bevor sie ihre Zunge wieder in seinen Mund schob.

Er stieß nach vorne, zog sie an sich, presste nach oben und drang tief in sie. Die entstehende Reibung war wie ein herannahender Sturm, turbulent und wild. Sein Rhythmus verlor an Finesse, hart und ungezügelt stieß er in sie, bis Loragriffin im Einklang mit seinen Stößen stöhnte.

Dann pulsierte ihr Kanal und sie schrie: „Ja!"

Ein Orgasmus jagte durch sie, aber er stieß weiter in sie, wissend, dass er sie höher treiben konnte. Er schwelgte sowohl in ihrem als auch in seinem eigenen Vergnügen und konzentrierte sich bei seinen Stößen auf die Stelle in ihr, die sie in Ekstase versetzte. Er konnte spüren, wie sie sich anspannte, wie sich die Lust erneut in ihr aufbaute. Immer und immer wieder wiederholte eine kleine Stimme in seinem Kopf: *Meine Gefährtin. Mir allein. Mein.*

Mit ihr in seinen Armen, den Händen auf ihrem hinreißenden Arsch stand er auf und presste sie gegen die Wand unter der Treppe. Tief stieß er in sie, immer und immer wieder, bis sie seinen Namen schrie. Ihre Nässe bedeckte die Vorderseite seiner Schenkel und ihre Atemzüge vermischten sich. Er ließ nicht nach, nahm sie hart und füllte sie mit der dicken Länge seines Primärschwanzes.

In dem Moment drückte sich sein Paarungsschaft gegen ihren Arsch, feucht von ihren Säften. Sein Iki'i spürte, dass ihr der zusätzliche Druck gefiel, aber er zwang den Schaft, sich zurückzuziehen. Sie für sich zu beanspruchen, war keine Option. Er würde seine Zeit mit ihr genießen, würde ihr Vergnügen bereiten. Mehr nicht.

Sein Gedankengang wurde unterbrochen, als sich ihre Pussy pulsierend um ihn zusammenzog. Sie warf ihren Kopf zurück und schrie: „Zhiruto!"

Ihre Säfte rannen seine Beine runter, und ihre Fersen gruben sich in seinen Arsch, sodass sie ihn enger zu sich holen konnte. Sein Paarungsschaft meldete sich erneut zu Wort. Bedeckt in ihrer Nässe, erkundete dieser Teil seiner Anatomie ihren Arsch. Dann drang er in sie. Sie stöhnte wieder und bebte am ganzen Körper, als der nächste Höhepunkt sie erschütterte. In ihrer Hitze vergraben, ihren köstlichen Duft einatmend, erschauerte er, getrieben von Empfindungen, hilflos unter der Wirkung seiner doppelten Ejakulation. Das Gefühl war exquisit, jenseits von allem, was er jemals für möglich gehalten hatte.

Er hielt sie für eine lange Zeit an die Wand gedrückt und wartete, bis sich sein Herz beruhigte. Ihr Atem kitzelte sein Ohr, und er küsste sanft ihre Schulter, bevor er sich langsam zurückzog und ihr half, die Beine zu senken.

Erst jetzt wurde ihm bewusst, was er getan hatte.

Das Kondom hatte seine Arbeit verrichtet und die Lebenskraft blockiert, die ein Kind erschaffen konnte.

Aber es hatte keine Barriere für den Schaft gegeben, der am Ende die größte Auswirkung auf die Zukunft haben konnte – der Schaft, der eine Verbindung herstellte, die er niemals leugnen könnte.

Loragriffin war jetzt seine Gefährtin.

NEUN

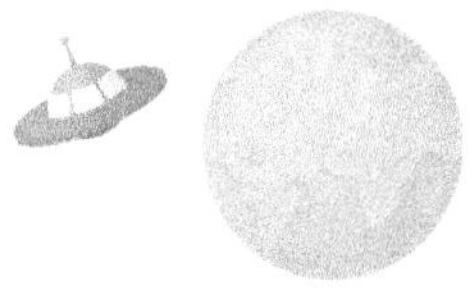

Lora keuchte, schnappte nach Luft, Sterne zeigten sich vor ihren Augen. Auch vor dem heutigen Tag hatte sie großartigen Sex gehabt, aber noch nie einen solchen Orgasmus. Sie nahm an, dass es Zhirutos Finger in ihrem Arsch gewesen waren, die ihre Ekstase in ungeahnte Höhen getrieben hatten – berauschender, als sie es jemals für möglich gehalten hatte.

Als sie ihre Fassung einigermaßen zurückerlangt hatte, fand sie seinen Blick und der Ausdruck, den sie dort sah, war ernüchternd. „Was ist los?" Sie schob ihn von sich und war froh, die Wand noch immer in ihrem Rücken zu haben, da sich ihre

Gummibeine weigerten, sie zu stützen. „Ist das Kondom geplatzt?"

Er schaute nach unten, wo sein Schwanz weiterhin das dünne Material auf seine maximale Kapazität dehnte, das Reservoir vorne mit milchig blauer Flüssigkeit gefüllt. „Nein."

Scheiße, was war dann sein Problem? Schwanger werden konnte sie nicht, schließlich hatte sie ein IUP. Das Kondom stellte lediglich eine Barriere gegen sexuell übertragbare Krankheiten dar. *Vielleicht ist der Sex für ihn schrecklich gewesen.*

Bei dem Gedanken wich ihr die Farbe aus dem Gesicht und so wandte sie sich von ihm ab, schnappte sich ihre Jeans und eilte zur Treppe. „Ich werde mich schnell frischmachen." Sie zeigte auf eine Tür neben der Küche. „Hinter der Tür findest du ein Badezimmer."

Sie rannte die Treppe hoch, ihre Schenkelinnenseiten feucht, ihre Muskeln müde. Bevor sie das Badezimmer im Obergeschoss erreichte, hatte sie ihr Oberteil und ihren BH schon ausgezogen. Nach einer kurzen Dusche zog sie sich ein gelbes T-Shirt und eine frische Jeans an. Sie war noch nicht bereit, sich Zhirutos enttäuschtem Ausdruck zu stellen. Bei dem

Akt schien er Spaß gehabt zu haben, doch danach war dieser entsetzte Gesichtsausdruck nicht zu leugnen gewesen. *Genauso gut könnte er verheiratet sein.* Der Gedanke gefiel ihr ganz und gar nicht.

Beim Blick in den Spiegel sah sie die Reste ihrer Mascara, die sie bei der Dusche nicht erwischt hatte. Ihre Wangen waren gerötet, ihre Augen geweitet. Normalerweise war dieser befriedigte zerwühlte Blick eine gute Sache, aber im Moment raubte ihr, was sie sah, das Selbstbewusstsein. Wie sollte sie sich ihm stellen, wenn er den Sex mit ihr so offensichtlich bereute?

Dann kam ihr ein weiterer Gedanke: Was, wenn er ihr Haus bereits verlassen hatte? Es hatte bisher nur einen Abend gegeben, bei dem ein Mann frühzeitig und ohne sich zu verabschieden, abgedüst war. Er hatte sich sowohl ihr als auch Pepper gegenüber wie ein Arsch aufgeführt, und offen gesagt, war sie froh gewesen, als er die Flucht ergriffen hatte. Jetzt konnte sie nur daran denken, Zhiruto vom Bleiben zu überzeugen.

Im Erdgeschoss hörte sie die Toilettenspülung und atmete erleichtert aus. Er war immer noch hier. *Vielleicht kann ich die Dinge richten.*

Sie zuckte zusammen und wandte sich vom Spiegel ab. Ihre innere Stimme klang zu sehr nach ihrer Mutter, die immer einen Mann brauchte, der sie … beschützte. Lora hatte sich entschieden, Polizistin zu werden, weil sie sich weigerte, die Angst ihr Leben bestimmen zu lassen.

Sie hob die Kleidungsstücke auf, die sie auf dem Weg zur Dusche fallen gelassen hatte, warf das T-Shirt und den BH in den Korb und murmelte: „Wenn es ihm nicht gefallen hat, ist das nicht deine Schuld."

„Was ist nicht deine Schuld?" Bei Zhirutos Stimme hinter ihr quietschte sie.

Lora wirbelte herum und ihre Augen landeten auf Zhiruto, der auf der Türschwelle stand. „Gott, schleich dich nicht so an mich heran."

Pepper sprang auf das Bett und legte sich schnaufend hin.

„Tut mir leid. Ich wollte dich nicht erschrecken." Zhiruto ballte und löste seine Fäuste an seinen Seiten. Er hatte seine Jeans wieder zugemacht, hatte sich aber erneut gegen ein Oberteil entschieden, als hätte er die Wohltätigkeitsveranstaltung nie verlassen. Er sah immer noch unglücklich aus. „Wir müssen reden, Loragriffin.“

Sie fuhr mit der Hand abweisend durch die Luft. „Wir sollten uns von nun an beherrschen und uns auf die Ermittlung konzentrieren. Ich habe eine Idee. Lass uns nach unten gehen. Dort können wir reden.“

Sie quetschte sich an ihm vorbei und verließ den Raum. Er versuchte, ihre Hand zu ergreifen, aber sie wich ihm aus und nahm auf dem Weg nach unten zwei Stufen gleichzeitig, um etwas Abstand zwischen sie zu bringen. Unten angekommen, schaute sie über ihre Schulter und entdeckte Zhiruto im Obergeschoss, wie er auf sie hinunterblickte. Sie hielt ihre Stimme ruhig und gelassen und sagte: „Ich kann mir vorstellen, dass es eine Weile her ist, seit du gegessen hast. Hast du Hunger?“

„Ich muss zugeben, ja.“

Gut. Essen würde ihnen beiden helfen, sich besser zu fühlen. Sie ging in die Küche, wo ihr Handy auf der Arbeitsfläche lag. Maise hatte erneut angerufen, aber keine Nachricht hinterlassen. *Junge, werde ich eine Geschichte für sie haben, wenn das alles vorbei ist.* Lora wählte ein Fast-Food-Restaurant, das für sein frittiertes Hähnchen bekannt war und die ganze Nacht geöffnet hatte. Sie drehte sich gerade um, als Zhiruto in die Küche trat. Das Licht aus dem Wohnzimmer ließ seine Schultern noch breiter aussehen, seine Hüfte schmaler, und die Straßenlaterne vor dem Küchenfenster legte sein Gesicht in Schatten.

„Magst du Brust oder Schenkel?", fragte sie.

Seine Aufmerksamkeit glitt von ihrem Gesicht über ihre Brüste, ihre Hüften und zu ihren Beinen. „Beides."

Bei jedem anderen Mann hätte sie bei dem Spruch die Augen gerollt. Zhiruto jedoch löste damit eine elektrisierende Empfindung in ihr aus, die von ihren Brustwarzen bis zu ihrer Klitoris schoss. Guter Gott, wie schaffte er es, dass sie sich mit ihm regelmäßig wie ein Teenie fühlte? Sie überlegte immer noch, wie sie reagieren sollte, als das Restaurant ihren Anruf annahm.

Sie schluckte schwer und senkte den Blick ruckartig auf das Menü, das am Kühlschrank neben den Fotos ihrer Nichten hing. Sie kannte die Speisekarte auswendig, aber so konnte sie sich auf etwas konzentrieren, das nichts mit Zhiruto zu tun hatte. Sie bestellte einen großen Eimer mit frittiertem

Hähnchen und dazu Kartoffelbrei, Biscuits mit Gravy und Krautsalat. Auch frisch gebackene Chocolate-Chip-Cookies durften nicht fehlen. Normalerweise erlaubte sie sich kein Dessert, heute hatte sie jedoch das Gefühl, dass sie es brauchte.

Sie legte auf und das Telefon kam zurück auf die Arbeitsfläche. „Sie brauchen meistens um die zwanzig Minuten. Möchtest du etwas trinken?"

„Hast du noch mehr von diesem sprudelnden Getränk, das es bei der Auktion gab?"

Sie zog eine Augenbraue hoch. „Champagner liegt nicht in meinem Budget." Sie ging zum Kühlschrank, holte zwei Flaschen Bier heraus, öffnete sie und reichte ihm eine. „Versuch das."

Er nippte zögerlich an seiner Flasche, kippte dann die Flasche zurück und trank den Inhalt in einem Zug aus. Verdammt, der Kerl musste durstig gewesen sein. Oder war das seine Art, Druck abzulassen.

Sie nahm selbst mehrere lange Schlucke. Vielleicht war es keine schlechte Idee, das Ventil zu öffnen. Es fühlte sich an, als ob die widersprüchlichen Stimmen in ihrem Kopf in einen Faustkampf verwickelt waren. Sie musste etwas tun, um die Situation zu verbessern. *Hör auf, dir Sorgen um ihn zu machen. Aber was, wenn es meine Schuld ist?* Innerlich schüttelte sie sich. *Nein, es ist nicht deine Aufgabe, ihm ein gutes Gefühl zu geben. Er hat versucht, mich aufzuhalten, und ich habe ihn gedrängt. Er hat dich gegen die Wand gepresst, nicht umgekehrt…*

„Ich spüre, dass du hin- und hergerissen bist, Loragriffin.“

Die Art und Weise, wie er ihren Vor- und Nachnamen fortwährend zusammenpresste, löste ein Kribbeln in ihr aus, was nur zu ihrem Konflikt beitrug. Sie zuckte mit den Schultern und schaute zu Pepper, die in der Nähe der Hintertür saß. Sie ließ den Hund raus und beobachtete, wie Pepper auf den Rasen trabte, um ihr Geschäft zu erledigen. „Ich mache mir Sorgen um den Attentäter, das ist alles.“

Zhirutos Präsenz wärmte ihr den Rücken. Es fehlte nicht viel und er würde sie berühren. „Loragriffin, ich habe etwas Unverzeihliches getan.“

Als sie erkannte, dass sich ein Außerirdischer der Welt gerade wie auf dem Silbertablett präsentierte, drehte sie sich um und platzierte eine Hand auf seiner Brust, um ihn ins Haus zu schieben. „Gott, wir müssen aufpassen, dass dich die Nachbarn nicht sehen."

Er rührte sich keinen Millimeter. Stattdessen legte er seine Hand auf ihre. Dann trat er mit ihr zurück in die Schatten. Die Berührung seiner Hand auf ihrer war fast so erotisch wie das Gefühl seiner Finger an ihren Nippeln.

Sie räusperte sich und unternahm alles, um den Lustnebel nicht in ihren Verstand zu lassen. „Was hast du getan?"

„Du bist meine Gefährtin."

Stille erfüllte die Küche. Sie konnte ihn nur anblinzeln und versuchte, zu verstehen, was er damit meinte. *Heilige Scheiße, denkt er, dass wir jetzt verheiratet sind, nur weil wir Sex hatten?* Angst ließ sich in ihrem Magen nieder. „Nein, das bin ich nicht."

Pepper rannte zu ihnen, und Lora machte entschlossen die Tür zu.

Zhiruto starrte sie weiter an, seine dunklen Augen glitzerten im schwachen Licht. „Wir sind verbunden."

„Keine Bange; es war nur Sex", log sie. Zur Hölle, sie musste aufpassen, dass es ihr nicht herausplatzte, dass es der beste Sex ihres Lebens gewesen war. Natürlich gefiel es ihr auch, dass er den Akt nicht so gehasst hatte, wie sie zunächst angenommen hatte.

Nachdem sie das restliche Bier in einem Zug geleert hatte, stellte sie die Flasche auf die Arbeitsfläche in der Küche und marschierte ins Wohnzimmer, wobei sie darauf achtete, ihn nicht zu berühren, als sie an ihm vorbeikam. Sie ließ sich neben Pepper auf die Couch fallen und benutzte den Hund als Barriere zwischen ihr und Zhiruto. Der Coonhound legte seinen Kopf auf Loras Schoß und richtete die Augen auf Zhiruto, als er ihnen in den Raum folgte.

Der große blaue Außerirdische blieb stehen. „Ich kann fühlen, dass du wütend bist."

„Ich bin nicht wütend. Du bist nur verwirrt. Und du bist jetzt auf der Erde, also haben wir andere Regeln." Sie wusste, dass sie sich gerade wie eine Zicke aufführte, aber sie konnte nicht anders. Sie brauchte keinen Mann, wollte keinen, und sie wollte nach dem Sex auch nichts von seinem ehrenhaften Alien-Kodex hören. Und so schön es auch war, einen heißen, zwei Meter großen, blauen Außerirdischen bei sich zu haben, wollte sie nicht, dass er blieb, weil er sich dazu verpflichtet fühlte. Er musste auf Abstand gehen.

Ein Summen, das fast zu leise war, um gehört zu werden, drang an ihre Ohren und Zhirutos Mund spannte sich an. Er hob den Unterarm. Wie zuvor zeigte sich ein Bildschirm, und das blaue Gesicht des Aliens, das sie mit Georgie gesehen hatte, erschien.

Er und Zhiruto tauschten ein paar Worte in einer Sprache aus, die Lora nicht verstand, dann drehte Zhiruto den Bildschirm so, dass er Lora einschloss. „Dieser Mensch ist ein Mitglied der örtlichen Strafverfolgungsbehörden", sagte er in ihrer Sprache. „Sie hilft mir, den Attentäter aufzuspüren."

Georgies Gesicht erschien auf dem Bildschirm. „Lora?"

Lora schoss auf die Füße und näherte sich. Georgies Gesicht glühte in bunten Lichtern, die ein Muster auf ihrer Haut formten, das sich recht weit nach unten ausbreitete, sodass Lora nicht sehen konnte, wo es aufhörte. „Georgie? Wo bist du? Was ist mit deiner Haut los?"

„Oh." Georgie hob einen glühenden Arm, um ihn zu bewundern, und ein erstauntes Lächeln zierte ihren Mund. „Es ist aufgemalt, keine Sorge. Es geht mir gut." Sie hob den Kopf und fand Loras Blick. „Was ist bei dir los? Sind alle okay?"

„Das hängt von deiner Definition von dem Wort *gut* ab. Es scheinen keine Menschen verletzt worden zu sein, aber es liegen eine Menge toter Außerirdischer herum." Sie erklärte alles, was passiert war – abgesehen von dem sexuellen Debakel natürlich. Sie war nicht bereit, darüber zu sprechen, besonders da ihr Zhiruto über die Schulter schaute. Bevor Georgie weitere Fragen stellen konnte, fragte Lora: „Wo bist du?"

„Ob du es glaubst oder nicht: Ich umkreise gerade einen fremden Planeten." Georgie lachte und klang dabei überraschend entspannt. „Für mich geht es bald zurück zur Erde. Ich sollte in zwei Tagen wieder bei dir sein."

„Ich rate dir, es zu lassen." Lora hielt eine Handfläche hoch. Sie sorgte sich um die Sicherheit ihrer Freundin. „Die NSA sucht nach dir. Sie halten dich für eine Person von besonderem Interesse, und glaube mir, sie sind Arschlöcher. In ihre Schussbahn willst du nicht geraten."

Georgie biss sich auf die Unterlippe und warf einen Blick auf den blauen Außerirdischen, der neben ihr verweilte. „Ich schätze, ich kann eine Weile hierbleiben. Ich werde mich wieder melden. Pass auf dich auf!"

„Du auch." Lora warf ihr einen Luftkuss zu, und Zhiruto drehte den Bildschirm erneut auf sich selbst und wandte sich von ihr ab, um noch ein paar Worte mit dem anderen Alien auszutauschen.

Es klingelte an der Tür, und Lora zuckte zusammen. Pepper reagierte, indem sie vom Sofa sprang und zur Tür rannte. All diese außerirdischen Intrigen machten sie schreckhaft. Daran fand sie keinerlei Gefallen. Sie war nicht zaghaft oder schwach; sie war eine Frau, die den Stier bei den Hörnern packte. Dennoch spähte sie durch den Spion, um sicherzugehen, dass es das Essen war, bevor sie die Tür öffnete.

Sie trug das Essen in die Küche, riss die Tüten auf und atmete den köstlichen, warmen Duft von frittiertem Hähnchen ein. Der vertraute Duft war tröstend und erdete sie. „Normalität." Und es half ihr, zu verstehen, was sie nun tun musste.

Sobald sie mit dem Essen fertig waren, wollte sie den Attentäter finden, alle Außerirdischen in ein Raumschiff packen und sie wieder zu ihren eigenen Planeten schicken.

ZEHN

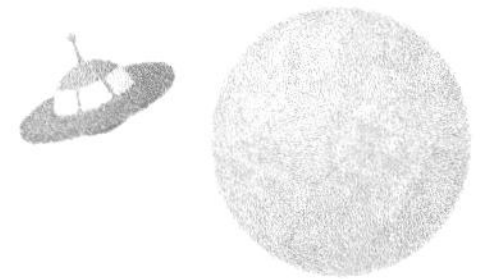

Zhiruto war erleichtert, dass der Prinz in Sicherheit war, aber der Anruf hatte ihn an seine Pflichten erinnert. Zuerst hatte er das Transportfenster verpasst und konnte so seinen Prinzen nicht nachhause begleiten. Jetzt hatte er mit Loragriffin Sex gehabt, während der Burendo weiterhin seine Tarnung verbesserte. Mit jeder Sekunde gewann der Attentäter an mehr Wissen, um sich erfolgreich unter den Einheimischen zu verstecken.

Zumindest seine Gefährtin wollte sich auf die Jagd konzentrieren. *Ein weiterer Grund, warum sie meine perfekte Gefährtin darstellt.* Das Gespräch über den Gefährtenbund musste warten. Er folgte dem

Geruch von unbekannten Gewürzen und Öl in die Küche, wo Loragriffin zwei Teller zusammenstellte.

Ohne aufzuschauen, sprach sie: „Meine Idee, den Attentäter zu finden, hängt irgendwie von dir ab. Wenn er den Park verlassen hat, denkst du, dass er sich von eurem Sinn-Dingens abschirmen wird?"

„Iki'i", sagte er. „Da keine Kirenaianer außerhalb des Parks nach ihm suchen, gäbe es keinen Grund, die Energie aufzuwenden, also denke ich nicht."

Sie überreichte ihm den vollgepackten Teller. „Gut." Sie hob ein großes goldbraunes Stück Fleisch von ihrem Teller und stieß ihre Zähne hinein. Er war fasziniert davon, wie sie sich Krümel von den Lippen leckte.

„Frittiertes Hähnchen." Sie deutete auf den Teller in seinen Händen. „Probiere es."

Er sah nach unten. Ein weißer, in brauner Soße getränkter Haufen fand sich auch auf dem Teller, dazu ein kleines Gefäß mit grünem und orangenem Inhalt. Daneben lag ein rundes Ding, das einem unglasierten *Kazhitu*-Gebäck ähnelte, zusammen mit einem goldbraunen Stück Fleisch, in dem noch ein Knochen steckte. Sein Übersetzer hatte Huhn als eines der Tiere der Erde identifiziert, also wählte er das Ding mit dem Knochen und ahmte ihre Art zu essen nach.

Seine Zähne bissen auf Salz und Fett. Dann strömte herzhafter Saft in seinen Mund. Er kaute ein paar Mal und schluckte.

„Magst du es?", fragte sie.

„Sehr sogar."

„Gut. Im Eimer ist noch mehr, wenn du willst." Sie legte eine weiße Plastikgabel auf seinen Teller und lief dann an ihm vorbei ins Wohnzimmer. „Lass uns hier reden."

Er folgte ihr, ließ sich das Huhn weiterhin schme-cken, als sie auf dem Sofa Platz nahm und ihre Beine unter ihren Po zog. Sie hatte sich ein gelbes Shirt angezogen, bei dem ihr die Ärmel bis auf die Ellbogen fielen und der Ausschnitt ihr Schlüsselbein neckte. Auf der Vorderseite war ein blauer Strich zu sehen. Er bevorzugte sie in dem ärmellosen Kleid, ihre Haut entblößt, aber das Gelb dieses Oberteils betonte das hübsche Rotbraun ihrer Haare. Sie hatte es am Hinterkopf zusammengezogen, und er sehnte sich danach, es runterzulassen und mit den Fingern durch die seidigen Locken zu fahren. Er wollte sie entkleiden und ihren Körper erkunden, gründlicher, als er es während ihrer zuvor überstürzten Zusammenkunft getan hatte.

Bleib auf Abstand, sagte er sich. Da er jetzt den Gefährtenbund mit ihr eingegangen war, brauchte es nur einen Blick von ihr, und er würde sich auf sie stürzen. Er ging zu dem hölzernen Schaukelstuhl, der vor dem Fenster stand.

Von wo Loragriffin auf dem Sofa saß, wehte eine Welle der Enttäuschung zu ihm. Er zwang sich, die Emotion zu ignorieren. Später gäbe es noch genug Zeit, sie mit Aufmerksamkeit zu überschütten – sobald sie diesen Fall abgeschlossen hatten.

Pepper wanderte zum Couchende und legte sich mit der Schnauze auf den Pfoten auf den Boden. Er konnte sowohl das Verlangen nach Essen als auch die Resignation des Hundes spüren, aber Loragriffin teilte ihr Essen nicht mit dem Vierbeiner.

„Erzähl mir mehr von deinem Plan, Loragriffin." Er biss erneut in das Hähnchen.

„Zuerst müssen wir dich ein bisschen menschlicher aussehen lassen, damit ich dich mit auf die Wache bringen kann. Das sollte sich nicht als besonders schwierig gestalten, da wir überall Menschen haben, die sich gerade als Aliens verkleiden. Wir müssen also nur dafür sorgen, dass du wie jemand aussiehst, der ein schlechtes Kostüm trägt."

Er runzelte die Stirn. „Sollten wir nicht unser Bestes geben, um mich gut zu tarnen?"

„Die meisten Kostüme sind nichts anderes als Kunststoffantennen und grüne Gesichtsfarbe. Wenn du zu perfekt aussiehst, wirst du Aufmerksamkeit erregen." Sie rührte den weißen Hügel auf ihrem Teller um und nahm einen Bissen.

„Dann werde ich mich deinem Urteil beugen." Wenn sie dachte, ein albernes Kostüm sei alles, was nötig war, um sich unentdeckt unter die Menschen zu mischen, dann würde er ihr glauben. Das bedeutete jedoch auch, dass es dem Attentäter gerade leicht fiel, sich versteckt zu halten. Langsam verlor er die Hoffnung, dem Mörder auf die Spur zu kommen.

Er konzentrierte sich auf seinen Teller. Auf seinen Reisen mit dem Prinzen hatte er es immer genossen, seltsame Gerichte zu probieren. Wahrscheinlich war das auch der Grund, warum der Attentäter entschieden hatte, das Essen zu vergiften, sei ein guter Plan. Er zögerte einen kurzen Moment, als er an die Auktion dachte, und zuckte dann mit den Schultern. Loragriffin würde nicht versuchen, ihn zu töten. In dem Punkt war er sich sicher.

Er rührte den weißen Brei um, so wie Loragriffin es getan hatte, und kostete. Der fade Geschmack war nicht seins, aber er schluckte höflich und griff dann nach dem Ding, das ihn an ein *Kazhitu*-Gebäck erinnerte. Es war in zwei Teile gespalten, und die Mitte war in ein reichhaltiges, gelbes Öl getränkt. Er biss hinein. Kaute. „Das ist köstlich. Was ist das?"

„Das ist ein Buttermilch-Biscuit. Das weiße Zeug ist Kartoffelbrei, obwohl ich mir ziemlich sicher bin, dass sie ein Fertigprodukt verwenden – jedenfalls schmeckt es danach. In der kleinen Schüssel ist Krautsalat."

Er stopfte sich die zweite Hälfte des Biscuits in den Mund und nickte ihr dankbar zu. Sie lachte. Der Klang sandte einen Nervenkitzel durch ihn. Er mochte es, wenn sie lachte. Er musste weitere Wege finden, um sie glücklich zu machen.

„Es gibt mehr von allem in der Küche, und wenn du damit fertig bist, habe ich noch Cookies zum Nachtisch. Lass es dir schmecken." Sie stand auf und lief mit ihrem Teller zur Küche. „Mein Bruder hat ein paar Kisten in meinem Schuppen gelassen, und ich denke, seine Kleidung sollte dir passen. Ich bin gleich wieder da."

In dem Moment, als Loragriffin den Raum verließ, erhob sich Pepper und setzte sich direkt vor ihn. Jetzt war sie nicht länger niedergeschlagen, sondern hoffnungsvoll. Er hatte einige der Frauen auf der Auktion dabei beobachtet, wie sie Essen mit ihren Vierbeinern geteilt hatten. Vielleicht war es die Regel, erst etwas anzubieten, wenn der Vierbeiner darum bat? Mit der Gabel nahm er eine kleine Menge des Kartoffelbreis und bot sie Pepper an. „Hättest du gerne etwas davon?"

Der Hund lehnte sich vor und fegte mit der Zunge die Gabel sauber. Ein überwältigendes Gefühl der Freude erfüllte Zhirutos Sinne.

Zhiruto lächelte. „Ich kann verstehen, warum die Menschen die Gesellschaft deiner Spezies so sehr genießen."

Er kostete etwas von dem grün-orangen Krautsalat. Der leicht säuerliche Geschmack erinnerte ihn an *Ayabe,* das sein Vater stets zubereitet hatte. In Erinnerungen schwelgend leerte er die Schüssel, während er zwischen seinen Bissen weiterhin den Brei mit Pepper teilte. Bis Loragriffin zurückkehrte, ihre Arme voller Menschenkleidung, hatten er und Pepper seinen Teller geleert und sich Nachschub geholt.

Loragriffin warf einen Blick auf den Hund und seufzte. „Pepper, es wird nicht gebettelt."

Der Hund zuckte zusammen und lief mit dem Schwanz zwischen den Beinen zu seinem Platz neben dem Sofa zurück.

Besorgt, dass er etwas falsch gemacht hatte, sagte Zhiruto: „Ich entschuldige mich. Ich sah andere Frauen auf der Party, die ihre Hunde mit Menschennahrung gefüttert haben, und Pepper schien hungrig zu sein."

Ein Lächeln zierte Loragriffins Lippen. „Sie ist eine kleine, verzogene Lügnerin, aber es ist in Ordnung. Gib ihr nur keine Knochen. Und versuche, es nicht zur Gewohnheit zu machen."

„Wie du wünschst." Er nickte und stand auf, stellte seinen Teller beiseite und betrachtete die verschiedenfarbigen Stoffe auf ihren Armen. „Diese Kleidung gehört deinem Bruder?"

„Ja. Er hat eine Weile bei mir gewohnt, als er und seine Frau ein paar Probleme hatten."

Er mochte die Zuneigung, die sie ausstrahlte, wenn sie über ihren Bruder sprach. „Ich habe mich immer gefragt, wie es wäre, Geschwister zu haben."

Sie warf die Kleidung auf das Sofa und griff nach einem burgunderroten Oberteil. „Du bist ein Einzelkind?"

„Die meisten Kirenaianer sind das. Nur selten produzieren Paare mehr als einen Nachwuchs, und Familieneinheiten bleiben ihr ganzes Leben lang eng verbunden. Was ist mit deinen Eltern? Wohnen sie in der Nähe?"

Sie zuckte mit den Schultern. „Mein Vater ist nicht Teil meines Lebens. Das war er noch nie. Meine Mutter lebt mit ihrem derzeitigen Partner in Tampa."

Er war darüber informiert worden, dass Menschen ausgezeichnete Mütter abgaben, und hatte demnach angenommen, dass sie und ihre Nachkommen die Nähe suchten. Loragriffins Gefühle in Bezug auf ihre Mutter sprachen eher von Toleranz und nicht von Zuneigung. „Es tut mir leid, dass ihr euch nicht nah seid."

„Wir sind uns so nah, wie ich das bevorzuge." Sie lächelte ihn auf eine Weise an, die das Thema beendete und hielt ihm das Oberteil vor die Brust. „Ich hoffe, es riecht nicht zu muffig. Probier es an."

Er nahm das Shirt, das sie ihm anbot, und zog es sich über seinen Kopf. Loragriffin fand seine Muskeln anziehend, und er hatte in dem Wissen seinen Körper angepasst. Dummerweise wurde es ihm dadurch erschwert, sich in die Kleidung zu quetschen. Er konzentrierte sich auf seine Matrix und versuchte, sich etwas zu verkleinern. Schnell stellte er fest, dass es nicht funktionierte. Das Oberteil hatte sich unangenehm verdreht und lag auf der Höhe seiner Schultern. Verlegen sah er zu ihr. Sie mochte es, wenn er anmutig war, und im Moment war er das ganz sicher nicht.

Aber statt Enttäuschung wurde er mit einem Ansturm von Erregung konfrontiert.

Erst dann erkannte er, warum er seinen Körper nicht verändern konnte. Wenn ein Kirenaianer seine Gefährtin fand, fror seine Form ein. Sein Körper passte sich dem Geschmack des Partners an. Er war mit Loragriffin verbunden, was bedeutete, dass er von nun an und bis in alle Ewigkeit an diese menschliche Form gebunden war.

Dies bedeutete im Umkehrschluss, dass er nicht länger als persönlicher Leibwächter für den Prinzen arbeiten konnte. Seine Pflichten bestanden darin, dass er sein Aussehen ändern konnte, um zusammen mit dem Prinzen inkognito zu bleiben. Sein Magen rebellierte, als befände er sich in einem Raumschiff, das gerade seine Schwerkraft verloren hatte. Wenn er sich nicht länger verwandeln konnte, müsste er von seinem Dienst zurücktreten. Wer war er außerhalb seiner Verpflichtung gegenüber dem Prinzen?

Er zog an dem dehnbaren Stoff und rollte die Schultern, um das Material zu bewegen. Er hatte gerade nicht die Zeit, sich in Selbstmitleid zu suhlen. Nicht jetzt, wenn er an sich noch einen Job zu erledigen hatte – der letzte Auftrag seiner Karriere. Da er nun recht menschlich aussah, sollte er das Beste aus der Situation machen.

Er wollte den Attentäter um jeden Preis finden.

ELF

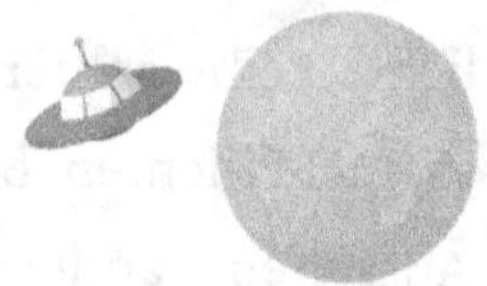

Lora beobachtete, wie Zhiruto das alte Langarmshirt ihres Bruders über den Kopf zog und gab alles, um bei seinen tanzenden Muskeln nicht zu sabbern. Er dehnte das Material bis zur maximalen Kapazität, und sie wünschte, sie hätte auch eine andere Hose mitgebracht, nur um ihn dabei zu beobachten, wie er sich umzog.

Hör auf damit, schimpfte sie mit sich selbst. Der Kerl war verrückt; schließlich sprach er von ihr als seine Gefährtin. Sie sollte ihn nicht ermutigen.

Nichtsdestotrotz wollte sie das. Sie arbeiteten gut zusammen. Der Sex war fantastisch. Sogar Pepper verehrte ihn. Wäre es so schlimm, Zhiruto zu einer festen Größe in ihrem Leben zu machen?

Nach einer halben Ewigkeit legte sich der Stoff um seinen Oberkörper und er zupfte an den etwas zu engen Ärmeln. Sie hatte ein schlichtes Oberteil ohne Logo gewählt, um niemanden zu ermutigen, die Augen zu lange auf ihn zu richten. Die Leute würden trotzdem hinsehen – sein Bizeps war zum Niederknien, sogar unter dem Shirt, und die tiefe burgunderrote Farbe sah im Kontrast zu seiner blauen Haut einfach erregend aus.

Sie zwang sich dazu, den Blick von ihm abzuwenden. „Das sollte gehen", sagte sie. „Lass mich das Make-up holen. Wir müssen etwas von diesem Blau abdecken."

Sie eilte die Treppe hinauf und kramte in ihrer Make-up-Schublade nach dem Concealer. Sie sammelte Foundation, flüssiges Blush und mehrere Lippenstifte zusammen und schob alles in eine Tasche. Dann nahm sie sich einen Moment Zeit, um ihr eigenes Gesicht zu betrachten, ihren Pferdeschwanz zu richten und ihre Wangen mit etwas Blush zu bestäuben. *Ich tue es nicht für ihn. Ich mache es, weil wir bald das Haus verlassen.*

Aber sie wusste, dass es eine Lüge war.

Sie hatte sich immer gesagt, dass sie keinen Mann brauchte, dass es ihr allein prima ging, und sie so nicht das Gewicht auf ihren Schultern trug, was jemand anderes von ihr dachte oder erwartete. Doch tief im Inneren wollte sie Zhiruto gefallen.

Als sie ins Wohnzimmer zurückkehrte, entdeckte sie, dass er mit angewinkelten Beinen auf dem Rücken lag. Auf dem Boden. Pepper hatte sich auf seiner Brust ausgestreckt, schmiegte den flauschigen Kopf unter Zhirutos Kinn und wedelte zufrieden mit dem Schwanz. Loras Herz drohte direkt aus ihrem Körper zu springen. Ein Mann mit einem Hund war sexy genug, aber ein Mann, der ihren Hund liebte, war geradezu unwiderstehlich – genau wie vorhin, als sie reinkam und ihn vorfand, wie er Pepper von seiner Gabel kosten ließ.

Nicht fähig, ihr Lächeln zurückzuhalten, lief sie um ihn herum in die Küche, brachte einen Stuhl mit sich und stellte ihn in die Nähe der Lampe. „Kannst du dich hier hinsetzen?"

Sanft schob er Pepper von seiner Brust und erhob sich, bewegte sich mit einer Anmut, bei der es in Loras Bauch wieder flatterte. Pepper rollte verspielt auf ihren Rücken und versuchte, ihn zur Rückkehr zu verleiten. Nach einer Weile gab sie jedoch auf und konzentrierte sich auf ihr Kauspielzeug, während es sich Zhiruto auf dem Stuhl bequem machte.

Sie schraubte die Kappe der Foundation auf. „Mal sehen, ob ich dich menschlicher machen kann."

„Ich bin schon ein Mensch. Für dich, Loragriffin."

Sie wusste nicht warum, aber die Aussage ließ ihr Herz stottern. „Hör auf, zu flirten und halte still."

Vom Liegen auf dem Boden war sein Haar ganz verheddert, und so fuhr sie mit den Fingern durch die Wellen, schob sie aus seiner Stirn und musste alles geben, um ihre zitternde Hand bei der vertrauten Geste zu kontrollieren. In seiner Nähe zu sein, fühlte sich seltsam richtig an. Eine seltsame Mischung aus angenehm und unangenehm. Wenn sie das Gefühl definieren müsste, würde sie es als schwindelerregend bezeichnen. Zugeben würde sie das natürlich nicht.

Sie biss sich auf die Lippe, als sie den Applikator entlang seines Haaransatzes führte. Der Pfirsichton stand im krassen Kontrast zu seinem leuchtend blauen Hautton, und sie musste die Schminke extra dick auftragen. Wenn sie einen Umriss schaffte, würde es aussehen, als wäre das Blau das Make-up und nicht umgekehrt. Mit der Spitze eines Fingers verblendete sie es auf seine Haare zu. Sein maskuliner Geruch durchdrang ihre Sinne, und seine weiche warme Haut zu berühren, brachte ihre Hormone wieder in Gang. Sie arbeitete Concealer an seiner Schläfe ein, ihre Atmung bereits schockierend flach. Sie gab ihr Bestes, sich auf ihre Aufgabe zu konzentrieren, obwohl sie nur daran denken konnte, wie nah er ihr war.

Seine Augen waren geschlossen, sein Gesicht leicht zu ihr geneigt und seine Hände lagen entspannt auf seinen Oberschenkeln. Wieso schien er so entspannt, während sie regelrecht aus ihrer Haut fuhr? Das war nicht fair.

Sie betrachtete seine leicht geöffneten Lippen. Leuchtend blau und doch absolut küssbar, umgeben von der perfekten Menge an Stoppeln. Ihr eigener Mund kribbelte bei der Erinnerung an diese Stoppeln, wie sie über ihre Haut kratzten, ihr Gesicht, ihren Hals, wie sich seine Küsse angefühlt hatten. Sie wollte seinen Mund erneut auf ihrem spüren, seine Stoppeln an unaussprechlichen Stellen erleben; sie wollte sich an ihm riechen, wollte seine Arme um sich spüren ...

Seine dunklen Augen schnappten auf, gefüllt mit einem unmissverständlichen Hunger, der ihr den Atem raubte. *Hör auf, dich wie ein albernes Schulmädchen aufzuführen. Wir haben entschieden, die Hände oberhalb der Gürtellinie zu belassen.* Aber ihre Fantasie ging mit ihr durch, wenn sie an diesen Mann dachte. Mit zugeschnürter Kehle sagte sie: „Wir müssen etwas mit deinen Lippen machen. Sie sind zu blau."

Sie trat von ihm weg und kramte durch ihre kleine Tasche mit Kosmetika, öffnete und schloss mehrere Tuben Lippenstift, bevor sie sich auf einen rosa Farbton festlegte, von dem sie dachte, dass er natürlich aussehen könnte. Sie versuchte, unbeteiligt zu wirken, als sie etwas unterkühlt befahl: „Leicht öffnen."

Immer noch entspannt gegen die Stuhllehne gelehnt, betrachtete er sie aus gesenkten Lidern und spreizte mit einem schiefen Lächeln auf den Lippen seine Beine.

Verdammt. Das hatte eine Wirkung auf sie. Eindeutig. Ihr Blick fiel auf die Beule an der Vorderseite seiner Hose. Und genau das hatte er damit auch erreichen wollen. *Oder war es das, was ich erreichen wollte?* Sie zwang sich, die Augen wieder zu heben, und sah ihm in seine dunklen Tiefen. „Ich meinte deinen Mund."

„Das kann ich auch machen." Seine Worte kamen knurrend heraus, sodass ihre Pussy pulsierte.

Er teilte die Lippen.

Sie räusperte sich. Vielleicht sollte sie seine Lippen in Ruhe lassen. Wer würde bitte auf seinen Mund starren? Aber es wäre töricht, all diese Anstrengungen zu unternehmen und dann zu erlauben, dass der Plan scheiterte, weil sie aus Feigheit ein Detail ignoriert hatte.

Sie hielt den Lippenstift wie einen Talisman, trat näher und hatte das starke Gefühl, in eine Falle zu treten, als sie sich zwischen seinen massiven Oberschenkeln einfand. Seine Augen blieben auf ihre gerichtet, als sie den Lippenstift über seine Unterlippe und dann über seine Oberlippe zog. Die Art und Weise, wie sein Fleisch unter dem Druck nachgab, fühlte sich so erotisch an. Sie sehnte sich danach, den Lippenstift mit ihren Fingern zu verschmieren, so wie sie es mit dem Concealer getan hatte. Sie stellte sich vor, wie er mit den Zähnen ihren Finger einfangen und sanft daran saugen würde ...

Sie schluckte schwer und umklammerte den Lippenstift fester, um sich in Schach zu halten. „Presse sie zusammen."

Seine Knie schlossen sich um ihre Oberschenkel. Direkt über ihren Brüsten durchdrang die Hitze seines Atems den dünnen Stoff ihres T-Shirts.

„Ich meinte deine Lippen", presste sie heraus und erkannte, dass sie ihre freie Hand auf seine Schulter gelegt hatte, um das Gleichgewicht nicht zu verlieren.

Er hob eine Hand und schlang lange Finger um ihren Unterarm. Dann drehte er seinen Kopf leicht und fuhr mit der Nase über die Innenseite ihres Handgelenks. „Du riechst berauschend."

Ein Lustschauer jagte durch sie. „Hör auf", krächzte sie. „Wir sind im Dienst."

„Du hast Recht." Sanft biss er in den Hügel unter ihrem Daumen und schickte Raketen der Begierde direkt zu ihrem Herzen. „Lass uns fortfahren." Er ließ ihren Arm los, legte seine Hände auf ihre Hüften und schob sie einen Schritt zurück, sodass er aufstehen konnte.

Für einen Moment nahm sie an, dass er damit die Sache zwischen ihnen meinte. Sie bekam kaum Luft, ließ ihren Kopf in den Nacken fallen und sah zu ihm auf, während ihre Brüste gegen seinen Oberkörper rieben. *Was ist mit mir los?* Es fühlte sich an, als stände sie unter einem Bann. Sie war wie verzaubert. „Benutzt du eine Art Alien-Voodoo-Trick an mir?"

„Voodoo-Trick? Ich verstehe nicht." Er runzelte die Stirn. „Fühlst du dich unwohl?"

„Nein, ich ... kann nur nicht klar denken. Es ist komisch." Sie schaffte es, einen Schritt nach hinten zu gehen und fischte eine Pilotensonnenbrille und Plastikhörner heraus, die sie im Schuppen gefunden hatte. „Zieh die an und wir können los."

Er fügte sich und sah aus wie eine Kreuzung zwischen 007 und einem Statisten in einem Low-Budget-Sci-Fi-Film. Er richtete den Reifen mit den Hörnern auf seinem Kopf. „Du hast mir den Rest deines Plans noch nicht erzählt", sagte er. „Warum müssen wir zu deiner Wache gehen?"

„Weil wir meinen Schreibtischcomputer brauchen, um auf die eingegangenen gespeicherten Notrufe zuzugreifen. Der in meinem Auto erlaubt das nicht.

Dein Attentäter mag in der Lage sein, wie ein Mensch auszusehen, aber die Wahrscheinlichkeit, dass er etwas Seltsames oder sogar Illegales tun wird, ist hoch, und das wurde vielleicht gemeldet. Ich wette, dass wir so mit ein wenig Geduld und etwas Ellbogenfett eine Spur aufnehmen können."

Zhiruto gluckste. „Deine Ellbogen sind nicht fettig. Es gibt jedoch eine andere Möglichkeit, um an die Aufzeichnungen zu kommen." Er hob seinen Arm und öffnete den schwebenden Bildschirm. „Ich kann von hier aus darauf zugreifen."

Natürlich konnte er das. Er hatte zuvor das Navigationssystem ihres Autos gehackt. Warum hatte sie da nicht gleich dran gedacht?

Eine Benutzeroberfläche wie bei den Computern in der Leitstelle schwebte in der Luft. Er rückte näher und richtete seinen Arm aus, sodass sie einen besseren Blick darauf werfen konnte. „Sind das die Dateien, die du benötigst?"

Sie zeigte auf einen Pfeil. „Geh dahin."

Nachdem sie ihn durch mehrere Schritte geführt hatte, fanden sie die Aufzeichnungen. Innerhalb weniger Minuten führte er sie durch eine Art

Programm, das die meisten irrelevanten Notrufe aussortierte.

„Woher weißt du, dass sie nicht relevant sind?“, fragte sie.

„Wir beobachten Menschen schon lange. Es gibt bestimmte Anzeichen.“ Er öffnete die erste Datei. „Dies sind Vorfälle, für die möglicherweise unser Attentäter verantwortlich war. Übrigens war das eine sehr gute Idee von dir.“

Sie hasste es, es zuzugeben, aber sein Lob ließ sie strahlen. „Lass mich mal sehen, was du da hast.“

Die erste Datei sprach von einem maskierten Raubüberfall. Sie bezweifelte, dass sich der Attentäter die Mühe machen würde, einen Supermarkt auszurauben, geschweige denn dabei eine Maske zu tragen. Als nächstes folgte eine vertraute Adresse: Yappy Hour - Tierpension und Fellpflege.

„Maise?“ Sie schnappte nach Luft. „Das ist das Geschäft meiner Freundin.“

„Die Frau, die sich bei der Auktion um Pepper gekümmert hat?“

„Genau." Schnell las sie das Protokoll: Der Besitzer hatte sich gemeldet, um einen Eindringling zu melden, aber als die Beamten ankamen, meinte sie nur, es sei ein Missverständnis gewesen. Schuldgefühle erfüllten Lora, als sie sich an die verpassten Anrufe ihrer Freundin erinnerte. „Etwas stimmt nicht. Ich muss sie anrufen." Sie eilte in die Küche, wo sie ihr Handy liegen hatte und wählte Maises Nummer. Die Voicemail sprang an.

Zhiruto folgte ihr. „Wir müssen sofort dorthin."

„Ich hätte ihre Anrufe nicht ignorieren sollen." Sie schnappte sich ihren Schlüssel von der Arbeitsfläche und schob ihr Handy in ihre Gesäßtasche. „Was, wenn sie in Schwierigkeiten steckt?" Sie riss die Hintertür auf und erstarrte.

Agent Randall stand auf ihrer Veranda, unterstützt von zwei bewaffneten Wachen.

ZWÖLF

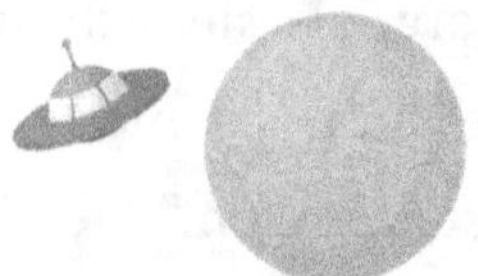

Zhiruto verstand nicht, warum Loragriffin erstarrt in der Tür stand, bis sie ihre Hände hob und sagte: „Stecken Sie die Waffen weg. Niemand hier ist eine Bedrohung."

Als er zu ihr ging, sah er Agent Randall auf der Veranda, flankiert von zwei bewaffneten Männern.

Pepper trat neben ihn und knurrte. Ihr Beschützerinstinkt war fast so stark ausgeprägt wie seiner, und er legte eine Hand auf ihren Kopf, um zu kommunizieren, dass sie ein gemeinsames Ziel hatten.

„Pepper, geh zurück", befahl Loragriffin.

Das Tier gehorchte, knurrte aber weiter.

„Ins Auto." Agent Randall trat zurück und deutete auf ein schwarzes Fahrzeug, das hinter Loragriffins kleinerem Auto geparkt war. „Ihr beide."

„Wir haben nichts gemacht." Sie verschränkte die Arme und Streitlust wehte zu seinem Iki'i.

„Falsch." Agent Randall zeigte auf Zhiruto. „Sie beherbergen einen illegalen Außerirdischen. Bewegen Sie sich."

Zhiruto legte eine Hand auf ihre Schulter. Die Bosheit, die er von den drei Männern wahrnahm, gefiel ihm nicht, und er wollte sich zwischen seine Gefährtin und die Waffen stellen. Lora jedoch rührte sich nicht von der Tür. Seine tapfere Gefährtin versuchte sogar, ihn abzuschirmen.

Aber jetzt war nicht die Zeit für sentimentalen Stolz. Über ihren Kopf fand er Agent Randalls Blick. „Ich werde gehorchen, wenn Loragriffin bleiben kann."

„Nein", sagte Agent Randall. „Sie ist zu sehr involviert, um sie einfach gehen zu lassen. Kommen Sie beide mit, bevor die Sache noch weiter eskaliert."

Loragriffin sah über ihre Schulter zu Pepper. „Pepper, du bleibst." Dann trat sie die Verandatreppe hinunter und an den Agents vorbei. „Das kommt in meinen Bericht."

Zhiruto liebte es, wie selbstbewusst sie war, aber er war auch frustriert, dass sie ihm keine Chance gab, sie zu verteidigen. Mit Bedacht folgte er ihr. Das ölige Gefühl von Randalls Zufriedenheit sickerte über Zhiruto, als er an ihm vorbeiging.

Agent Randall öffnete die Beifahrertür. „Sie sitzen vorn, *Officer*." Die Betonung auf ihrem Titel konnte nicht respektloser sein.

Sie funkelte ihn wütend an, stieg aber ohne ein Wort ein.

Agent Randall schlug ihre Tür zu, riss dann die dahinter auf und wies Zhiruto an, einzusteigen.

Zähneknirschend duckte er sich und folgte der Anweisung. Randall stieß ihn an, sodass Zhiruto näher zu dem Agent rutschte, der bereits auf der Rückbank saß. Eine Sekunde später nahm Randall neben ihm Platz und richtete seine Waffe auf die Lehne des Sitzes vor ihm – auf den Sitz von Loragriffin. „Schön brav sein."

Der andere Agent auf dem Rücksitz presste seine Waffe gegen Zhirutos Seite.

Zhiruto hielt seine Stimme ruhig und sagte: „Sie haben nur ein Problem mit mir, nicht mit der Frau. Lassen Sie sie gehen."

Der dritte Agent setzte sich hinters Steuer und startete das Fahrzeug.

Agent Randall grinste, als sie aus der Einfahrt fuhren. „Sie sind weit weg von zuhause und haben nicht das Recht, Bedingungen zu stellen. Tun Sie, was wir sagen, und sie wird nicht verletzt werden."

Zhiruto ballte die Hände zu Fäusten und knurrte: „Wenn Sie ihr wehtun, werden Sie mit ihrem Leben dafür bezahlen."

Loragriffin unternahm den Versuch, sich umzudrehen, doch Agent Randall klopfte mit dem Lauf seiner Waffe gegen den Sitz. „Augen geradeaus."

Sie stieß einen frustrierten Seufzer aus und drehte sich nach vorne. „Ich glaube, ich weiß, wo der Attentäter ist. Wir müssen so schnell wie möglich dorthin."

„Um den Attentäter müssen Sie sich nicht sorgen", sagte Randall. „Er ist wieder im Orbit – wo er hingehört."

Zhiruto biss die Zähne zusammen. Er hätte spüren sollen, dass etwas nicht stimmte, als dieser Mann sich weigerte, bei den Ermittlungen zu helfen. „Sie haben ihn gehen lassen?"

Agent Randall zischte: „Wir haben eine hervorragende Entschädigung dafür erhalten, dass wir uns nicht eingemischt haben."

Mit weit aufgerissenen Augen drehte sich Loragriffin nun um. „Waren Sie von Beginn an Teil des Mordplans? Wie konnten Sie diese Menschen einfach sterben lassen?"

„Keine Menschen. Aliens", zischte Agent Randall. „Und ich tue, was für mein Land und meine Spezies notwendig ist. Die Aliens haben uns ständig die Mittel zur Verteidigung verweigert, also habe ich einen Weg gefunden, das zu bekommen, was wir brauchen." Seine funkelnden Augen konzentrierten sich auf Zhiruto. „Und du wirst uns noch mehr einbringen. Der persönliche Leibwächter des Prinzen wird meinen Kontakten viel wert sein."

Zhiruto entging nicht, dass der Agent die formelle Anrede der Menschen aufgegeben hatte.

Er tat es ihm gleich. „Wer sind deine Kontakte?", fragte Zhiruto mit vorgetäuschter Gelassenheit. Er konnte sich im Moment nicht wehren, aber er würde einen Weg aus dieser Situation finden. Jede noch so kleine Information wäre nützlich.

Agent Randall schnalzte mit der Zunge. „Ein weiteres Beispiel dafür, dass ihr Aliens davon ausgeht, Menschen seien dumm. Ich werde nicht über meine tiefsten Geheimnisse monologisieren und dich dann entkommen lassen. Und ihr seid nicht so schlau, wie ihr denkt. Vorzugeben, zu sterben, war so ein Klischee. Der Attentäter entging der Verhaftung auf die gleiche Weise."

Zhiruto stöhnte innerlich, als die Puzzleteile zusammenkamen. Keine Schmerzen bei dem vergifteten Kirenaianer. Die Sorge, dass das Gift durch Berührung übertragen werden könnte. Die falsche Spur, die auf einen Burendo hinwies, der wahrscheinlich gar nicht existierte. „Der Überlebende täuschte vor, krank und verletzt zu sein."

Agent Randall grinste. „So viel zum Thema fortschrittliche Alien-Technologie."

Zhiruto hatte das herablassende Grinsen des Mannes wirklich satt.

Sie zischten am Tor zum Park vorbei, und vom Vordersitz aus schoss ein Gefühl der Besorgnis auf ihn zu. „Das war der Park“, sagte Loragriffin. „Wohin bringst du uns?“

Ein Anzeichen der Unsicherheit erhob sich in Agent Randall, bevor die Emotion wieder unter die selbstgefällige Maske rutschte. „Sagen wir einfach, dass es eine gute Sache ist, dass du Aliens magst, denn du wirst dich schon bald mit mehr von ihnen vertraut machen.“

„Was zum Teufel soll das denn heißen?“, fragte sie.

Zhiruto ballte die Hände auf den Oberschenkeln zu Fäusten. Er wusste, was es bedeutete. Warum war ihm nicht in den Sinn gekommen, dass die Menschen ihr eigenes Volk an die Sklavenhändler verfüttern könnten? „Dir ist doch klar, dass deine Kontakte zu den meistgesuchten Kriminellen in der Galaxie gehören?“

Agent Randall zuckte keinen Muskel. „Ihr nennt sie Kriminelle, aber sie betrachten sich selbst als Freiheitskämpfer. Und sie sind bereit, der Erde dabei zu helfen, in der galaktischen Hierarchie aufzusteigen. Eine Handvoll unserer Frauen ist ein kleiner Preis.“

„Oh, mein Gott", flüsterte Loragriffin. Wieder drehte sie sich um und starrte Randall nieder.

Der Mann war niederträchtig, mehr als Zhiruto sich hätte vorstellen können. Er stieß einen langsamen Seufzer aus, ohne den Augenkontakt zu unterbrechen. „Wissen deine Führungskräfte, dass du ihre Frauen auf dem Schwarzmarkt verkaufst?"

Die anderen beiden Männer waren die ganze Zeit überraschend emotionslos geblieben, und Zhiruto hatte keine Zeit, nach tieferen Gefühlen zu forschen. Agent Randall schob seine Waffe zwischen das Fenster und die Kopfstütze und drückte den Lauf in Loragriffins Nacken. „Ich sagte: Augen nach vorne."

Loragriffin drehte sich widerwillig um und stellte sich den entgegenkommenden Straßenlaternen. „Du bist ein verdammtes Monster."

„Nenn mich, was du willst, aber ich tue es zum Wohle der Menschheit. Und das wirst du auch bald. Normalerweise wählen wir Frauen aus, die nicht vermisst werden, aber ich bin mir sicher, wir können einen Weg finden, dein Verschwinden mit dem Attentat in Verbindung zu bringen. Verdammt, vielleicht gebe ich dir sogar die Schuld dafür."

„Das wird dir niemand glauben." Eine sorgenreiche Panik erfüllte das Fahrzeug, als Loragriffin Agent Randalls Worte verarbeitete.

Zhiruto musste alles geben, um den Mann nicht hier und jetzt zu erwürgen. Loragriffin durfte nicht in die Hände der Sklavenhändler geraten. Sie war seine Gefährtin! Als hätte er mit dem Schwanz einer *Sunda*-Eidechse einen Schlag auf den Hinterkopf bekommen, kam ihm eine Idee. Es gab einen Weg, Randall davon zu überzeugen, sie gehen zu lassen. „Loragriffin ist für Sklavenhändler wertlos."

Agent Randall kniff die Augen zusammen. „Wovon redest du?"

„Sklavenhändler wollen menschliche Frauen, um sie als Gebärmaschinen zu benutzen. Ich habe Loragriffin als meine Gefährtin beansprucht. Sie werden dir nichts für sie anbieten, wenn sie von dem Bund erfahren."

Randall stieß ein Lachen aus. Indessen fuhr das Gefährt auf eine breite Straße, auf der sich andere Fahrzeuge in rasantem Tempo bewegten. „Netter Versuch, Alien."

Verwirrung vermischte sich jetzt mit Loragriffins Sorge.

Zhiruto fuhr fort und wünschte, er hätte dieses Gespräch mit seiner Gefährtin unter vier Augen führen können. „Sie hat bereits die genetischen Marker erhalten, die dafür sorgen, dass sie nur mit mir Kinder zeugen kann. Deine Käufer werden dies mit einem einfachen Scan ans Licht bringen."

Agent Randall knurrte: „Nicht jeder Außerirdische will Nachkommen; sie ist attraktiv genug, um für jemanden ein hübsches Spielzeug abzugeben. Zum Teufel, sie können sie zur Arbeit in die Minen schicken, solange sie mich bezahlen."

„Du bist das pure Böse." Loragriffin schüttelte den Kopf, ihre Stimme zitterte vor Wut und Entsetzen.

„Verurteile mich nicht. Der Sklavenhandel fand statt, lange bevor ich ins Spiel kam. Ich habe nur eine Möglichkeit gefunden, die Situation auszunutzen. Wenn uns der Kaiser die Waffen geben würde, die wir brauchen, anstatt unseren Planeten für den Handel zu schließen, müssten wir es nicht auf diese Weise tun. Dann könnten wir uns selbst verteidigen. Aber er hat uns dieses Recht verweigert, und der einzige Kontakt, den wir haben, ist mit dem

Schwarzmarkt, ob wir es wollen oder nicht. Zumindest genießen wir dadurch ein paar Vorteile." Agent Randall drückte die Schultern durch. „Die Frauen, die wir ausliefern, dienen der Allgemeinheit, und die Technologie, die sie uns einbringen, bedeutet, dass wir bald nicht mehr der Gnade der Sklavenhändler ausgeliefert sein werden. Wir werden für uns selbst einstehen und uns der Konföderation der Planeten anschließen, so wie sich das gehört."

„Du denkst doch nicht wirklich, dass die Sklavenhändler euch eine Technologie zur Verfügung stellen werden, mit denen ihr sie besiegen könntet, oder?", fragte Zhiruto. „Sie wollen ihren Handel hier aufrechterhalten, und das Letzte, was sie tun werden, ist, die Einheimischen zu bewaffnen."

„Sie denken, sie geben uns nichts als Kugeln. Harmloses Spielzeug und Schrott, um unseren Verstand einzulullen und unseren Schmerz zu lindern. Aber Menschen sind großartig darin, über den Tellerrand hinaus zu schauen. Die Wissenschaftler unserer Nation sind dafür bekannt, Dinge zu innovieren und Waffen herzustellen, die unsere Rivalen hier auf der Erde übertreffen. Irgendwann werden wir Waffen entwickeln, die mit denen jeder Spezies in der Galaxie mithalten können."

Zhiruto entließ eine harsche Lache. „Du machst dir selbst etwas vor, Randall. Die Mitglieder der Senburu, die euch beliefern, können es nicht erwarten, die Menschen untereinander streiten zu sehen. Eure Unfähigkeit, auf eurem eigenen Planeten Frieden zu halten, ist es, warum die Erde mit ihren Bewohnern noch nicht in die Konföderation aufgenommen wurde."

„Das werden wir ja dann sehen", entgegnete Randall. Das Fahrzeug bog ab und ließ den dichten Verkehr hinter sich.

Loragriffin sagte: „Es ist noch nicht zu spät, das Richtige zu tun. Sprechen wir darüber."

„Halt die Klappe, oder ich lasse dich knebeln und in den Kofferraum werfen."

Sie passierten eine kleine Stadt, in der alle Fenster dunkel waren, und bald bogen sie auf eine schmale Straße ab, die von überhängenden Bäumen gesäumt war. Die grellen Strahlen der Scheinwerfer durchdrangen die Dunkelheit und gaben ihnen nur wenige Einblicke auf kleine flatternde Insekten, die gegen die Windschutzscheibe prallten.

Der Fahrer nahm eine scharfe Kurve und ruckelte über einen Schotterweg zwischen den Bäumen. Auf einer kleinen Lichtung blieb er stehen.

„Aussteigen." Agent Randall stieg aus und öffnete Loragriffins Tür.

Der andere Agent hielt seine Waffe auf Zhiruto gerichtet. Auch der Fahrer verließ den Wagen und beobachtete sie alle von der gegenüberliegenden Seite des Autos, während er eine riesige Taschenlampe auf sie richtete.

„Hier lang." Agent Randall stieß den Lauf seiner Waffe in Loragriffins Rücken und trieb sie zu einem schmalen Waldpfad.

Zhirutos Wache sagte: „Folge ihnen."

Es gab zu viele Gefahrenpunkte, als dass Zhiruto handeln konnte, ohne Loragriffins Leben zu riskieren. Er trat auf den unebenen Pfad. Dies war sein erster Besuch auf der Erde, und die Nachtluft roch kühl mit einem Hauch von etwas Saurem, wie verrottender Vegetation. Er wünschte, er wüsste, was genau das bedeutete, als sie tiefer in den Wald vordrangen.

Die beiden Agents hinter ihm hielten einen respektablen Abstand ein, aber er konnte ihre unerschütterliche Präsenz an seinem Iki'i spüren. Er musste etwas tun … und zwar bald. Am Sklavenschiff wären auch die Händler mit Waffen ausgestattet, die viel tödlicher waren als die Projektilwerfer der Menschen.

Obwohl jede Faser seines Seins sich der Idee widersetzte, nahm ein Plan Gestalt an. Die Senburu wollten nur ihn. Wenn er Widerstand leistete oder einen Kampf begann, könnte ihr das die Chance bereiten, eine Flucht zu wagen. Damit es funktionierte, müsste er Agent Randall ausschalten.

Entschlossen beschleunigte er seine Schritte und schaffte es, aufzuholen.

DREIZEHN

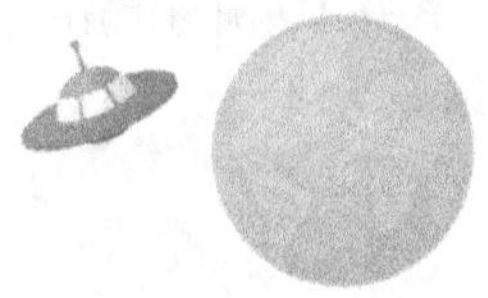

Der Pfad wurde von der Taschenlampe hinter ihnen kaum beleuchtet, und Lora musste aufpassen, dass sie nicht über die vielen Wurzeln stolperte. Jedes Mal, wenn sie dachte, dass die Dinge nicht merkwürdiger werden konnten, sorgte das Universum dafür, dass sie wieder ins Straucheln geriet. Der Verrückte, der ihr eine Waffe an den Rücken hielt, plante, sie als Sexsklavin an Aliens zu verkaufen. Und was zum Teufel meinte Zhiruto mit seinem Gerede über Gefährten? Keine Kinder außer mit ihm? Das musste doch eine Lüge gewesen sein, um zu versuchen, sie zu beschützen, oder?

Sie legte eine Hand gegen den Stamm eines Baumes, um sich abzufangen, als sie mal wieder stolperte. Zumindest waren die Agents anmaßend genug, dass sie sich nicht die Mühe gemacht hatten, ihre Hände zu fesseln. Sie wartete auf eine Gelegenheit, Agent Randall zu entwaffnen, aber sie musste den perfekten Zeitpunkt abwarten, sonst würde einer der anderen Männer sie oder Zhiruto sicherlich erschießen.

Bei einem Brüllen hinter ihr drehte sie sich rechtzeitig um und sah noch, wie Agent Randall von Zhiruto getackelt wurde. Der Agent blieb überraschenderweise auf den Beinen, als Zhiruto ihn mit der Seite gegen einen Baumstamm schob und nach der Waffe griff.

Zhirutos Augen trafen auf ihre. „Lauf weg!"

Agent Randall riss die Waffe nach unten und feuerte. Etwas Warmes spritzte auf Loras Arm, und dann spürte sie einen stechenden Schmerz in ihrer Seite. *Wurde ich getroffen?* Sie fiel in die Hocke, während die Männer miteinander kämpften.

Instinktiv drückte sie eine Hand auf ihre Hüfte. Klebrig und nass. Bisher hielten sich die Schmerzen in Grenzen. *Wahrscheinlich nur eine Fleischwunde.* Als sie die anderen Agents beobachtete, um sicherzustellen, dass sie ihr keine Aufmerksamkeit schenkten, kroch sie um den breiten Baumstamm in das Unterholz.

Ein weiterer Schuss ertönte. Woher er kam, wusste sie nicht. Einer der Agents sagte: „Mach schon. Ich gebe dir Rückendeckung."

Ihr Herz donnerte in ihren Ohren, und ihre Hände und Füße kribbelten von dem Bedürfnis, sich zu bewegen, zu kämpfen. Ihre Seite begann zu pochen, aber sie ignorierte das Gefühl. Sie musste schnell handeln, wenn sie Zhiruto retten wollte. Sie blickte um den Stamm herum und sah einen Agent, der sich auf sie zubewegte, wobei seine Aufmerksamkeit auf die Männer gerichtet war, die vor ihm kämpften. Die Taschenlampe lag hinter dem dritten Agent auf dem Boden und verwandelte die Männer in Silhouetten.

Am intelligentesten wäre es, den Mann, der Rückendeckung bot, zuerst auszuschalten. Entschluss gefasst. Auf Zehenspitzen lief sie neben dem Pfad durch das Unterholz und presste weiterhin ihre Hand auf die brennende Stelle an ihrer Hüfte. Sie hoffte, einen Ast oder einen Felsen zu finden, irgendetwas, das sie als Waffe benutzen konnte, aber das Wenige, was sie auf dem dunklen Boden erkennen konnte, zeigte nur eine dicke Schicht aus Blättern.

Ein paar Meter hinter dem Mann kam sie zum Stehen. Wenn sie versuchte, sich an ihn heranzuschleichen, würde er wahrscheinlich die Waffe gegen sie richten. Ein gutes Ende würde das nicht nehmen. Wenn sie jedoch schnell genug angriff, könnte sie ihn vielleicht mit dem ersten Schlag zu Fall bringen. Sie war beim Kickboxing nicht schlecht gewesen, hatte regelmäßig größere Männer auf die Matte geschickt, aber sie war sich nicht sicher, ob sie das heute schaffte, wenn ihr die Wunde an der Hüfte den Verstand vernebelte.

Ihr Blick fiel auf die Taschenlampe. Eine gute Waffe, wenn Lora sie erreichen könnte.

Sie atmete mehrere Mal tief ein, rannte nach vorne und schnappte sich in einer Rolle vorwärts die Taschenlampe. Ihre Finger wickelten sich um den langen Griff. Eine Sekunde später kam sie wieder auf die Füße. Zähneknirschend holte sie aus und traf den Mann am Kopf.

Ein befriedigender Laut erfüllte die Luft. Er fiel wie ein Stein und seine Pistole landete im Gebüsch.

Der andere Agent näherte sich ihr, der Lauf seiner Pistole suchte nach einem Ziel. Sie ließ die Taschenlampe fallen und tauchte neben dem Pfad in die Dunkelheit. Ein ohrenbetäubender Schuss spaltete den Wald, nah genug, sodass sie den Luftstrom spürte. Sie wagte es nicht, zu atmen, und kroch durch die Büsche zu den kämpfenden Männern.

Der Agent rief: „Die verdammte Schlampe hat uns von hinten angegriffen! Richmond liegt am Boden!"

Zhiruto brüllte: „Loragriffin, lauf!"

Sie würde Zhiruto auf keinen Fall sich selbst überlassen. Nach allem, was sie durchgemacht hatten, sah sie ihn als ihren Partner, und sie weigerte sich, ihn zurückzulassen. Durch die Bäume konnte sie den Agent sehen, zum Teil beleuchtet von der Taschenlampe, mit der er versuchte, sie zu finden. Sie stoppte in ihrer Bewegung und drückte die Hand auf die Stelle an ihrer Seite, aus der erschreckend viel Blut sickerte. Sie sollte nach der Wunde sehen und die Blutung stoppen, nur hatte sie dafür jetzt keine Zeit.

Agent Randall knurrte: „Ignoriere sie und hilf mir mit diesem verdammten Alien."

Widerwillig wandte sich der Agent der Stelle zu, an der Zhiruto Randall auf dem Boden festgenagelt hatte, ein Knie auf seiner Brust, das andere auf einem Handgelenk, während er versuchte, Randall die Waffe abzunehmen, die er weit über seinem Kopf hielt.

Der Agent, der noch auf den Beinen war, feuerte. Eine Explosion zerschnitt die Luft und die Waffe zuckte. In Zhirutos Brust zeigte sich ein Loch.

„Nein!" Lora schrie und stolperte auf die Füße. Das konnte nicht wahr sein!

Aber Zhiruto ließ nicht von Randalls Waffenhand ab. Stattdessen konnte sie mit eigenen Augen beobachten, wie das Loch schimmerte und sich genau wie in einer Szene aus einem Terminator-Film schloss. Ein Strom aus Kraftwörtern verließ den Mund des Agents, und er feuerte noch zweimal – erst auf den Kopf und erneut auf die Brust. Jedem Schuss folgte ein klaffendes Loch, jede Wunde schimmerte und schloss sich.

„Verdammte scheiße!", schrie der Mann. Er begann langsam, sich von dem kämpfenden Paar zu entfernen, schoss dabei weiterhin auf Zhiruto.

Lora hatte keine Zeit, über die schließenden Wunden schockiert zu sein. Jetzt war ihr Moment gekommen. Sie sprintete aus den Büschen und krachte in ihn. Die Waffe flog ihm aus der Hand, als er nach vorn stolperte.

Aber anstatt zu fallen, drehte er sich und schlug ihr mit der Handfläche gegen das Schlüsselbein. Sie hörte ein Knacken, und der Schmerz senkte sich über ihren Arm. Keuchend schaffte sie es, seinem nächsten Schlag auszuweichen.

Der Agent nahm eine Kampfstellung ein, hob die Fäuste und suchte nach einer Chance, sie auszuschalten.

Sie beugte die Knie und bewegte sich seitwärts, um ihn vor sich zu halten. Er hatte offensichtlich Kampftraining genossen, und ihre Kickboxausbildung würde nicht mithalten können. Das hielt sie jedoch nicht davon ab, es zu versuchen. Sie musste es versuchen! Mit ihrem guten Arm zielte sie auf seinen Kiefer.

Er wich aus und landete einen Treffer auf ihren Solarplexus.

Trotz des Schmerzes, der sie von der Schulter bis zur Hüfte durchbohrte, schaffte sie es, aus seiner Reichweite zu taumeln. Als der Mann sie nun angriff, hob sie ihr Knie mit dem Gedanken, es ihm in seine Weichteile zu rammen.

Dummerweise bekam er zuvor ihr Bein zu fassen, holte mit der Faust seines anderen Armes aus und erwischte sie an der Wange.

Ihr Kopf schaukelte zur Seite und sie sah Sterne, aber sie hielt das Gleichgewicht und riss ihr Bein aus seinem Griff. Ihr gebrochenes Schlüsselbein schickte blendend weiße Blitze in ihre Brust und ihren Arm, sodass ihr das Atmen schwerfiel.

Aus dem Augenwinkel erblickte sie Zhiruto mit Randalls Kopf zwischen den Händen, den er immer wieder auf den Waldboden schlug. Sie musste sich auf ihren eigenen Gegner konzentrieren, denn sie hörte, wie er mit gefletschten Zähnen auf sie zurannte. Sie weitete ihre Haltung. Seine Fäuste waren auf Brusthöhe, bereit weitere Schläge auszuteilen. Er war gut.

Ausgehend von dem Blick in seinen Augen war er sich dessen sehr wohl bewusst. Und das war genau die Schwäche, nach der sie gesucht hatte. Diese Art von Typ erinnerte sie stets an Katzen; sie liebten es, mit ihrer Beute zu spielen, was jedoch nicht immer zum Erfolg führte.

Spiel den verwundeten Vogel. Da sie wirklich Schmerzen hatte, wäre es nicht schwer, dies zu tun. Sie knirschte mit den Zähnen, zwang ihren linken Arm nach oben, als ob sie zuschlagen wollte, und wimmerte dann, während sie ihr Gewicht auf ihre Fußballen legte. Als sich seine Aufmerksamkeit verlagerte, landete sie mit dem Fuß einen Treffer gegen seinen Kiefer.

Das Schicksal musste auf ihrer Seite sein, denn der Tritt hatte gesessen. Er schaukelte mit glasigen Augen nach vorn und stürzte auf den Waldboden. *K. o.*

Der Schmerz in ihrer Flanke meldete sich nun verstärkt zu Wort. Sie beugte sich vorn über und schlang ihren guten Arm um ihre Mitte. Als sie auf ihr Oberteil blickte, erkannte sie, dass es mit Blut getränkt war, ebenso wie der Arm, den sie gegen die Wunde drückte.

Ihre Augen weigerten sich, den Fokus einzustellen. Sie sank auf die Knie und wimmerte, als sie ihr Oberteil anheben wollte. Ihre Finger kooperierten nicht. Sie schaute auf und versuchte, durch ihren verschwommenen Blick Zhiruto auszumachen. Die Dunkelheit schien sie zu zerquetschen und reduzierte ihr Sichtfeld auf Nadelkopf große Punkte.

Sie fiel zur Seite, auf ihre Hüfte, kaum in der Lage, den Fall mit ihrer guten Hand abzufangen. Der Boden fühlte sich so beständig an. Sie wusste es besser, als die Augen zu schließen, aber ... sie musste sich ausruhen. So müde.

Nur für eine Minute. Nur für eine Minute würde sie die Augen schließen ...

VIERZEHN

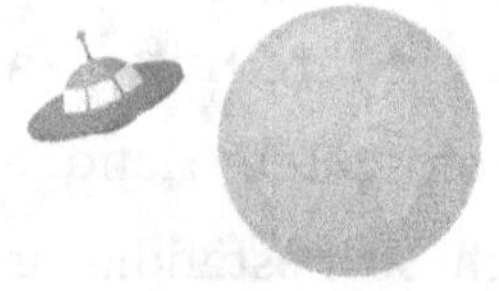

Lora öffnete ihre Augen zu einer blassvioletten Decke. Für einen Moment fühlte es sich an, als ob sie in dünner Luft schwebte. Dann hob sie ihren Kopf etwas und nahm ein schmales Bett mit weichen, erhöhten Gittern auf beiden Seiten wahr. Die Matratze war herrlich bequem. Sie senkte den Kopf wieder nach unten. Wo zum Teufel war sie? Ihre Erinnerungen waren verschwommen. An was sie sich jedoch erinnerte, war, dass sie jemandem ins Gesicht getreten hatte ...

In dem Moment schob sich Zhiruto in ihr Blickfeld. Seine dunklen Augen strahlten Erleichterung aus. Er war wie üblich oberkörperfrei unterwegs, seine breiten Schultern und definierten Brustmuskeln waren so perfekt wie eh und je. „Du bist wach, Lora-griffin.“

Die Art und Weise, wie er ihre beiden Namen zusammenpresste, ließ ihr Herz immer wieder aufs Neue einen Salto verrichten. Sie atmete langsam aus. „Wo bin ich?“ Peppers Nase stieß über den Rand der Matratze und ihr Wimmern verlangte nach sofortiger Aufmerksamkeit. Lora kraulte dem Hund hinter den Ohren. „Und wie bist du hierher-gekommen?“

„Ich habe sie für dich geholt. Wir befinden uns in der Krankenstation des IPV-Raumschiffs“, sagte Zhiruto. „Wie fühlst du dich?“

Sie musste zugeben, dass sie sich verdammt gut fühlte, wenn man bedachte, dass sie im letzten Wachzustand noch das Gefühl hatte, gleich aus dem Leben zu treten. „Es geht mir gut. Hast du gerade gesagt, dass wir in einem Raumschiff sind?“

Als wollte er beweisen, wie seltsam dieser Ort war, zog er einen schwebenden Hocker zu sich und nahm Platz. „Ja. Die Heiler haben eine Kugel extrahiert, die in dein Verdauungssystem eingedrungen war.“

Als sie sich an die Dunkelheit und das viele Blut erinnerte, verließ ihre Hand Peppers warmes Fell und sie fand ihren eigenen Bauch. Ihre Finger trafen auf seltsames Material, nicht ganz Seide, aber auch nicht Samt. Sie schaute nach unten und sah, dass sie in ein weiches cremefarbenes Nachthemd gekleidet war. Sie schob den Saum nach oben und überprüfte beide Seiten ihres Bauches. Ihre Haut war makellos.

Dann erkannte sie, dass auch ihr Schlüsselbein nicht mehr schmerzte. Ein gebrochenes Schlüsselbein würde Wochen brauchen, um zu heilen. Ein Bauch-schuss noch länger. *Gott sei Dank hat er an Pepper gedacht.* „Wie lange sind wir schon hier?"

„Zwei Tage."

Überrascht, dass es nur zwei Tage waren, setzte sie sich auf, schaute sich um und nahm ihre Umgebung vollständig in sich auf. Die Wände waren die gleiche violette blattartige Textur, die sie im Hintergrund bei dem Videoanruf mit Georgie gesehen hatte. Rechts von ihr befanden sich eingelassene Regale mit einer Auswahl an nicht identifizierbaren Gegen-ständen. Eine andere Wand hielt eine Tafel mit blin-kenden Lichtern. Sie war wirklich in einem Alien-

Raumschiff, und sie war *wirklich* auf wundersame Weise geheilt worden.

Dann erinnerte sie sich daran, wie die Kugeln durch Zhiruto gegangen waren und Löcher geschaffen hatten, die sich auf der Stelle geschlossen hatten. Sie richtete ihre Aufmerksamkeit auf ihn. „Du hast auch Kugeln abbekommen. Geht's dir gut?"

„Ich bin unverletzt. Einfache Projektilwaffen sind gegen Kirenaianer unwirksam. Unsere Matrix kann zudem alles absorbieren, solange die Gewalteinwirkung nicht zu extrem ausfällt." Er sagte es mit Stolz, und sie musste zugeben, dass es sexy war, einen Freund zu haben, dem Kugeln nichts ausmachten.

Ist er das? Mein fester Freund? Dieser Gedanke fühlte sich gleichermaßen seltsam und richtig an. „Danke, dass du dich an Pepper erinnert hast."

Er lächelte. „Natürlich. Sie ist dir wichtig."

Sie erwiderte das Lächeln. Er war rücksichtsvoll, fürsorglich und sexy zugleich. Sie presste die Augen zu und wehrte sich gegen den Nebel in ihrem Verstand, der so typisch nach einer OP war. Es gab eine Menge unbeantworteter Fragen, auf die sie Antworten brauchte, bevor sie sich von diesen rührseligen Gefühlen überwältigen ließ. „Was ist mit Agent Randall und seinen Männern passiert?"

„Seine Männer wurden in Stase versetzt und warten auf ihre Strafe. Der Kaiser duldet keine Leibeigenschaft, die nicht einvernehmlich geschlossen wird, und jeder, der am Schwarzmarkthandel teilnimmt, hat mit harten Strafen zu rechnen." Er schaute weg, sein Gesicht grimmig. „Agent Randall ist tot."

„Du hast ihn umgebracht?", fragte sie in einem sanften Tonfall. Sie hatte noch nie jemanden im Dienst oder anderweitig getötet, aber sie hatte viele Polizisten getroffen, die wussten, dass es nicht leicht war, dies zu verarbeiten.

„Er war eine abscheuliche Vertretung deiner Spezies. Ich bereue es nicht."

Sie sah ihn einen Herzschlag länger an, um sich seiner Gefühle sicher zu sein, und fragte dann: „Was ist mit dem Attentäter? Hast du ihn gefunden?"

Zhiruto schüttelte den Kopf und presste die Lippen fest zusammen. „Leider nicht. Agent Randall hat die Box mit dem Attentäter zu einem anderen Shuttle gebracht, und niemand scheint zu wissen, in welche Richtung es aufgebrochen ist."

„Hast du seine Männer verhört? Vielleicht kommen wir so an einen Namen.“

Zhirutos Augen verloren an Härte, als er mit den Fingerknöcheln über ihre Wange streichelte. „Ich wollte warten, dass du aufwachst.“

Ergriffen von seinen Worten schluckte sie schwer. Normalerweise nutzten die Männer, mit denen sie zusammenarbeitete, eine solche Situation für sich aus, um sie in den Ermittlungen auszustechen.

Sie schwang ihre Beine über die Bettkante. „Wir sollten jetzt sofort mit ihnen reden. Die Spur wird kälter, desto länger wir uns hier unterhalten.“

„Wie du wünschst.“

Sie stellte ihre nackten Füße auf den seltsam strukturierten Boden. „Wo sind meine Klamotten?“

„Ich habe etwas für dich machen lassen.“ Er führte sie zu der leeren Wand und fuhr mit den Fingern über einige seltsame Erhebungen. Ein Panel öffnete sich und enthüllte einen schmalen Schrank mit Kleidung. Er zog eine waldgrüne Tunika und eine passende Hose heraus und reichte ihr beides.

Der Stoff war so weich wie das Nachthemd, das sie trug, und dehnbar wie Spandex, bestickt mit einem dezenten, silbernen Wellenmuster entlang der Nähte. Sie beäugte die Kleidung, da sie wusste, dass es sich an jede Kurve ihres Körpers schmiegen würde, aber es wäre zumindest besser als das lange Nachthemd, das sie jetzt trug. „Danke. Wo kann ich mich umziehen?"

Er drückte auf weitere Erhebungen an der Wand und eine Tür glitt auf, hinter der ein Badezimmer zu finden war, ähnlich zu denen in Wohnmobilen. „Ich entschuldige mich für die Unterbringung. Bessere Optionen konnte die IPV nicht bieten. Gerne kannst du duschen — ich habe unsere Wasserzuteilung heute noch nicht genutzt."

Sie ging in den Raum und betrachtete die Armaturen. „Wie mache ich das Wasser an?"

Er trat hinter sie, griff um sie herum und wies auf der violetten Wand auf bestimmte Punkte. Er war ihr so nah, dass sich ihr Rücken wärmte, dass sich ihr Körper wärmte. Sein muskulöser, blauer Arm streckte sich direkt vor ihrem Gesicht aus, sodass ihr eigener Atem von ihm abprallte und wieder zu ihr wehte.

Ohne nachzudenken, lehnte sie sich näher und küsste die Innenseite seines Ellbogens. „Danke, dass du mich gerettet hast."

Zwei muskulöse Arme wickelten sich von hinten um sie, zogen sie an seine Vorderseite, und er vergrub sein Gesicht in ihrem Haar. „Danke, dass du nicht gestorben bist."

Er fühlte sich so warm und beständig an, so lebendig, dass sie nicht anders konnte. Sie drehte sich um, schlang ihre Arme um seinen Hals und hob ihr Gesicht zu seinem.

Ohne zu zögern, beanspruchte er ihren Mund in einem tiefen, befriedigenden Kuss. Seine Lippen glitten über ihre, und seine Zunge schob sich sanft, aber entschlossen in ihren Mund, sodass sie bald vor Verlangen stöhnte. Behutsam führte er sie mit dem Rücken zur Wand und presste sie dagegen. Seine Hand hob sich zu ihrem Kiefer, während sich die andere auf ihre Hüfte legte.

Ihr Kopf fiel in den Nacken, als er sanfte Küsse auf ihren Mundwinkel und ihren Kiefer rieseln ließ. Ihre Finger spreizten sich auf seinem Rücken und liebten das Spiel seiner definierten Muskeln, wenn er sich bewegte.

Er knabberte an ihrem Ohrläppchen und schickte einen entzückenden Schauer durch sie. Dann fuhr er mit seiner heißen Zunge über ihre Kehle, ihren Hals nach oben, während seine Hand von ihrer Hüfte zu ihrer Brust wanderte. Er massierte ihren Hügel, bis sich der Nippel gegen seine Handfläche drängte. Er rollte die Knospe zwischen seinen Fingern und saugte an der Basis ihrer Kehle. Sie würde wahrscheinlich einen Knutschfleck davontragen, aber es war ihr egal. Es fühlte sich wundervoll an. Es fühlte sich an, als huldigte er ihr.

Sie spreizte die Füße, und er reagierte, indem er sich zwischen ihren Beinen einfand, bis sie die harte Länge seiner Erregung an ihrer Mitte spürte. Ihre Finger krallten sich in seinen Rücken und sie rieb ihre Hitze schamlos über seinen Schaft.

Er entließ ein kehliges Knurren und schickte die Vibrationen über ihre Haut. Er nahm seine Hand von ihrem Gesicht und fand den Saum ihres Nachthemdes, riss es hoch und zog es ihr über den Kopf. Einen Herzschlag später presste er seinen Mund wieder auf ihren, sein Kuss fordernd und intensiv, als er seine Zunge zwischen ihre Lippen stieß.

Sie erkannte, dass sie unter dem Nachthemd nackt gewesen war. Völlig entblößt stand sie nun vor ihm. Seine nackte Brust wies Brusthaare auf, die ihre Nippel neckten, und die Hitze zwischen ihren Beinen war jetzt ein Schmerz, der gelindert werden musste. Von ihm.

Ihre Hände glitten zu seinem Hosenbund, aber sie musste schockiert feststellen, dass er irgendwie schon nackt war. Sie schob den Gedanken zur Seite, und erkundete stattdessen mit den Daumen die erotischen Muskeln, die sie in einem V nach unten brachten. Sein harter Schaft presste sich gegen ihren Bauch, und sie umfing ihn und führte seine Eichel zwischen ihre Beine.

Er stieß mit dem Becken nach vorn, sanft und ohne Eile, und glitt durch ihre Spalte. Sie wurde noch feuchter, als sie es ohnehin bereits war. Seine Hände erkundeten ihren Körper und lösten Lustschauer in ihr aus. Immer und immer wieder neckte er mit seiner Eichel ihren Eingang, ohne in sie zu dringen.

Sie würde sterben, wenn er sie nicht bald nahm. Kurzerhand legte sie ein Bein um seine Hüfte, streckte eine Hand nach seinem Schwanz aus und positionierte ihn an ihrer Öffnung. Sie sog scharf die

Luft ein, als er in sie stieß, das Gefühl so überwältigend und perfekt, dass sie fast gekommen wäre.

Zhiruto packte mit beiden Händen ihren Arsch, hob sie hoch und sah ihr tief in die Augen, als er sie auf seinen Schwanz setzte. Tief in ihr vergraben, marschierte er aus dem kleinen Badezimmer und zum Bett. Er senkte sie auf die Matratze, und der Moment, als er aus ihr herausglitt, ließ sie vor Verlangen nach ihm wimmern. „Ich möchte dich kosten, Loragriffin."

Bevor sie antworten konnte, legte er seine Hände auf die Innenseiten ihrer Schenkel, spreizte sie weit und vergrub sein Gesicht in ihrer Pussy. Seine Zunge glitt durch ihre Spalte und umkreiste ihre Klitoris. Schließlich trat er wieder den Weg nach unten an, wo er sie mit tiefen Zungenschlägen plünderte. Auf und ab leckte er sie und trieb sie vor Verlangen in den Wahnsinn, bis sie sich auf der Matratze wand und ihre Verzweiflung stöhnend zum Ausdruck brachte.

Seine Lippen legten sich um ihre Klitoris und saugten, während er einen Finger in sie schob. Diese Kombination war es, der Rhythmus seines Fingers, was einen unerwarteten Orgasmus aus ihr lockte.

Sie bebte, ihre Beine spannten sich an, als eine Lustwelle nach der anderen durch sie schwappte.

Dann küsste er ihren Bauch, zog seinen Finger heraus und kletterte ihren Körper hinauf, bis er ihr in die Augen sehen konnte. Seine Lippen rochen nach ihrem Nektar, und es machte ihr nichts aus, als er sie küsste, als sich seine harten Muskeln auf sie absenkten und sich sein Schwanz zwischen ihren Schenkeln einfand. Es brauchte nur einen Stoß und dann war er in ihr. Er füllte sie, und sie saugte die Ekstase mit ihrem nächsten Atemzug in ihre Lungen.

Er stieß hart zu, zog sich zurück und hämmerte wieder in sie, wobei er einen Rhythmus vorgab, der ihr regelmäßig einen Schrei entlockte. Der Druck in ihr baute sich auf, zu unerträglichen Höhen, als sie seinen Stößen entgegenkam und sie ihre Finger in seinen knackigen Arsch bohrte. Sie liebte das Gefühl, wie sich seine Pobacken bei jedem Stoß in ihre Hitze anspannten, liebte es, ihn tief in sich zu haben, bis nicht mehr genug Sauerstoff im Raum zu sein schien.

Dann brach der Höhepunkt über ihr zusammen – die Welle ihres Orgasmus schwappte in einer

Kaskade purer Glückseligkeit über sie hinweg. Ihre Umgebung verschwand; es existierte nur noch er.

Er beschleunigte seine Stöße, nahm sie hart, steuerte auf seine eigene Erlösung zu, bis er sie schließlich mit seinem heißen Sperma füllte. Als er auf ihr zusammenbrach und sich sein schwerer Atem ihrem anpasste, fuhr sie mit den Fingern über seine Seiten und küsste seine Schulter.

Er erwiderte die Liebkosungen und flüsterte an ihrer Haut: „Meine perfekte Gefährtin.“

Das warme, wohlige Gefühl, das bei diesen Worten in ihr entstand, war fast genug, um sie in den Schlaf zu wiegen. Aber nur fast. „Du hast zu Agent Randall gemeint, dass ich genetische Marker von dir bekommen habe. Was meintest du damit?“

„Ich habe dir genetische Marker implantiert, die unseren Gefährtenbund sichern.“

Eine kalte Erkenntnis fegte durch sie und sie drückte gegen seine Brust, sodass er von ihr runterging. „Warte mal. Du hast mir etwas eingepflanzt?“

„Ja, erinnerst du dich? Das habe ich dir gleich nach unserer ersten Zusammenkunft erzählt.“ Er hob den Kopf und sah ihr in die Augen. „Du bist die Einzige für mich. Ich habe dich als meine Gefährtin beansprucht."

Da war wieder dieses Wort. Ihr Herz flatterte und das vertraute schwindelerregende Gefühl fegte durch sie. Aber sie konnte nicht erlauben, dass es ihren Verstand vernebelte. Dachte er, dass sie ihm gehörte? Sie rutschte von ihm weg, stand auf und ging zum Badezimmer.

Von wo Pepper in der Nähe der Tür lag, hob sie den Kopf. Auch sie schien die plötzliche Spannung im Raum wahrzunehmen.

„Ich dachte, wir hätten diese Sache bereits besprochen. Bei der Auktion wurden keine Sklaven verkauft."

Zhiruto setzte sich auf und hob seine Hände, als wollte er sie beschwichtigen. „Du bist nicht meine Leibeigene. Du bist meine Gefährtin. Menschen brauchen keine dauerhaften Bindungen, um sich fortzupflanzen, aber für die meisten Kirenaianer ist es der einzige Weg."

Sie schnappte sich das Nachthemd und zog es sich über den Kopf. „Ich pflanze mich mit niemanden fort."

„Ich erkläre mich schlecht." Er stand auf, und sein wunderschöner blauer Körper fing das Licht an den richtigen Stellen ein. „Wir müssen keine Kinder zeugen. Das genetische Material, das wir nun teilen, wird dir eine Langlebigkeit verleihen, die meiner eigenen entspricht. Wir sind auf Lebenszeit miteinander verbunden."

Ihre Brust fühlte sich eng an und ihr Mund trocken. „Ist das der Grund, warum ich mich in deiner Nähe so fühle, wie ich mich fühle? Weil du mir eine Art DNA-Droge gespritzt hast?"

Sein blaues Gesicht zeigte sich nun ausdruckslos. „Loragriffin –"

„Ich heiße Lora. Einfach nur Lora. Ich meine es ernst! Ich will von diesem verdammten Raumschiff runter und nachhause. Bring mich nachhause! Ich will, dass dieses ekelhafte genetische Marker-Ding aus mir verschwindet. Raus aus mir. Sofort."

Er starrte sie einen langen Moment an, bevor er seinen Blick senkte. „Du hast Recht. Ich bin zu weit gegangen. Ich bringe dich auf der Stelle zurück zur Erde."

Direkt vor ihren Augen verschwand seine Nacktheit und es materialisierten sich eine dunkelblaue Hose und ein ebenso farbenes Hemd um seinen Körper. Ohne ein weiteres Wort ging er zur Tür, beugte sich vor, um Peppers Kopf zu streicheln, und dann war er auch schon weg.

Und Lora fragte sich, ob sie gerade den größten Fehler ihres Lebens begangen hatte.

FÜNFZEHN

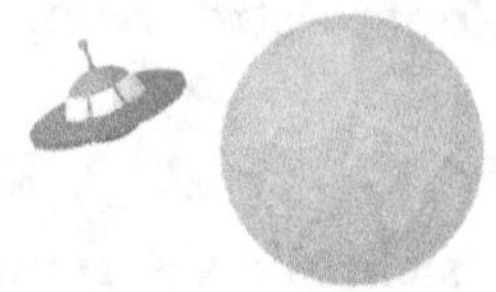

Der Sturm aus Loragriffins Emotionen, der auf Zhirutos Iki'i traf, war nicht zu entziffern, aber ihre Körpersprache war eindeutig. Sie war wütend. Sie fühlte sich verraten. Und aus gutem Grund.

Er hatte ohne ihre Erlaubnis einen Gefährtenbund mit ihr gebildet.

Er verdiente es, für immer von der einen Person getrennt zu sein, mit der er sein Herz teilen wollte. Ihres wollte sie mit ihm anscheinend nicht teilen. Er fragte sich, ob es etwas mit der menschlichen Fähigkeit zu tun hatte, Kinder ohne Gefährtenbund gebären zu können. Ein Bund dieser Größenordnung bedeutete ihnen rein gar nichts.

Leider waren seine genetischen Marker jetzt Teil von Loragriffins DNA und konnten nie entfernt werden. Jedoch brauchte sie davon nichts zu wissen. Sie wollte keine Kinder, also würde sie wahrscheinlich nie bemerken, dass die Marker real waren. Sie wollte ihn nicht, liebte ihn nicht. So viel war klar.

Auf der Erde wäre sie am glücklichsten. Er würde dem Prinzen Bericht erstatten. Danach? Wer wusste das schon … Er würde hoffentlich in der Lage sein, einen neuen Job, einen neuen Sinn in seinem Leben zu finden.

Er befahl den Transporttechnikern des Raumschiffes, Loragriffin – nein … Lora – und Pepper zurück zur Erde zu teleportieren. Er ging nicht mit ihr in die Transportkammer. Er konnte es nicht ertragen, die Abneigung in ihren Augen zu sehen. Es war besser, sie ohne weiteren Kontakt gehen zu lassen. *Aber ich werde mich für immer nach ihr sehnen.*

Mit einer Tasse *Hypawan*-Gebräu in der Hand schritt er durch das Raumschiff und wartete darauf, dass die Techniker ihm sagten, dass sie sicher nachhause zurückgekehrt war. Sobald er die Bestätigung bekam, würde er ein Militärshuttle zurück nach Kirenai Prime besteigen. Er wusste immer noch nicht, wie er dem Prinzen die Nachricht überbringen sollte. Er war mit seiner Mission gescheitert, musste von seinem Posten zurücktreten und hatte absolut nichts vorzuweisen. Kirenaianer wurden so gut wie nie von ihren Gefährten zurückgewiesen, besonders nicht, wenn der Bund bereits hergestellt worden war. Die Schande seiner Situation war schwer zu ertragen.

Er starrte auf die unscheinbaren violetten Wände und nahm einen weiteren langen Schluck von seinem Getränk. Der starke Alkohol trug wenig dazu bei, seine Gefühle zu dämpfen, und zum ersten Mal verstand er, warum die Leute auf Sireta Prime die rauchige Gedankenlosigkeit der vielen *Ahen*-Höhlen aufsuchten. Es wäre so schön, jetzt nichts zu fühlen …

„Sie ist sicher an den von Ihnen angegebenen Koordinaten angekommen, Sir." Ein IPV-Techniker stand auf der Türschwelle und hielt dabei einen respektvollen Abstand ein. Zhiruto hatte die Techniker zuvor angebrüllt, als sie gefragt hatten, ob er mit Lora teleportiert werden wollte.

„Danke." Er versuchte, seine Dankbarkeit auch über sein Iki'i auszusenden. So sehr er jemand anders für seine Situation verantwortlich machen wollte, waren die Techniker lediglich seinen Anweisungen nachgekommen, und die IPV-Mediziner hatten Loras Leben gerettet. Sie verdienten seinen Zorn nicht.

Für die lange Reise zurück nach Kirenai Prime teleportierte er zu einem kaiserlichen Militärshuttle. Das Shuttle war nicht so schnell wie das private Raumschiff des Prinzen, und er war sich nicht sicher, ob er sich freuen oder verfluchen sollte, wie viel Zeit ihm nun mit seinen eigenen Gedanken blieb. Als das Schiff sich darauf vorbereitete, den FTL-Antrieb einzuleiten, alarmierte ihn sein persönlicher Kommunikator, dass er einen Anruf hatte. Er nahm an, dass es Prinz Arazhi war, aber nein, die Kaiserin selbst rief an. Da er wusste, dass dies kein gutes Zeichen war, sagte er dem Piloten, er solle warten, sodass er den Anruf in Ruhe beantworten konnte.

Das Alabastergesicht der Kaiserin war von Sorge gesäumt. „Zhiruto, es gab einen weiteren Attentatsversuch auf Arazhi."

Schuldgefühle machten sich in ihm breit. Er hätte da sein sollen, um seinen Prinzen zu beschützen. „Geht es ihm gut?"

„Er ist in einer Regenerationskammer und die Heiler sagen, dass er auf einem guten Weg ist. Uns wurde gesagt, dass der Attentatsversuch auf den Menschen abgezielt war, den er von der Erde mitgebracht hat. Wahrscheinlich, um sie davon abzuhalten, sich mit ihm fortzupflanzen. Nicht, dass das ein Problem wäre, da sie unfruchtbar ist. Hast du wie befohlen eine Alternative ersteigern können?"

Zhiruto verzog das Gesicht. Von Anfang an hatte ihm der Befehl der Kaiserin wenig zugesagt, und jetzt missfiel er ihm noch mehr, da er nun besser verstand, wie die Menschen tickten. „Die Auktion war nicht für Leibeigene, wie wir glaubten, Kaiserin. Ich war nicht in der Lage, eine Frau davon zu überzeugen, mit mir zurückzukehren."

Sie lehnte sich näher zur Kamera. „Du weißt, was Arazhi an einer Frau mag. Du musst auf den Planeten zurückkehren und für meinen Sohn eine fruchtbare Menschenfrau wählen."

Seine Kehle schnürte sich zu, als er sich an das Kondom erinnerte, das er beim Sex mit Loragriffin getragen hatte. „Sind Sie sich sicher, dass die Frau, die er gewählt hat, unfruchtbar ist? Menschen praktizieren etwas, das als Geburtenkontrolle bezeichnet wird."

Die Lippen der Kaiserin verzogen sich mit Frustration. „Ja, wir sind sicher. Die Heiler haben sie untersucht und meinten, sie sei nicht mit ihm kompatibel."

Zhiruto senkte seinen Blick. Das war eine unerwartete und besorgniserregende Nachricht. Jedoch konnte er nicht zur Erde zurückkehren. Es wäre zu schmerzhaft. „Ich werde den Attentäter ausfindig machen, Kaiserin, allerdings kann ich nicht zur Erde zurückkehren. Ich bin dort nicht länger willkommen." Das war nicht die ganze Wahrheit, aber es war alles, was er anbieten konnte. „Und ich fürchte, dass ich von meinem Posten zurücktreten muss. Ich bin nicht mehr dazu geeignet, der Sicherheitchef des Prinzen zu sein."

„Warum willst du ausgerechnet jetzt zurücktreten?" Sie runzelte die Stirn. „Den Großteil des Lebens meines Sohnes standest du loyal an seiner Seite. Er braucht dich nun mehr denn je. Was auch immer auf der Erde vorgefallen ist, kann nicht so schlimm gewesen sein."

Er schaffte es nicht, ihr in die Augen zu sehen. „Ich habe meine Gefährtin gefunden."

Es folgte eine lange Pause. „Fahre fort."

Sein Herzschlag donnerte gegen seine Rippen. „Sie hat mich abgelehnt."

„*Kuzara*." Das Kraftwort, das aus dem Mund der Kaiserin kam, reichte aus, um ihn aufblicken zu lassen. Ihr Gesicht war eine Maske der Wut. „Diese Menschen machen nichts als Ärger. Also gut. Ich werde einen anderen Abgesandten schicken, um eine Frau zu sichern. Trotzdem gestatte ich es dir nicht, zurückzutreten. Arazhi braucht dich. Komm sofort zurück." Sie beendete den Anruf.

Zhiruto senkte seinen Arm. Die Kaiserin wollte vielleicht, dass er auf seinem Posten blieb, aber nur der Prinz hatte die Macht, seine Leibwächter zu wählen. Wenn Arazhi von Zhirutos vielen Misserfolgen erfuhr – insbesondere von seiner Unfähigkeit, die Form zu ändern –, war die einzige logische Wahl, ihn gehen zu lassen.

Auf dem Weg zu der kleinen Küche im Shuttle, um nach einem Getränk zu suchen, fragte sich Zhiruto, ob er an Bord etwas von dem *Ahen* finden würde.

SECHZEHN

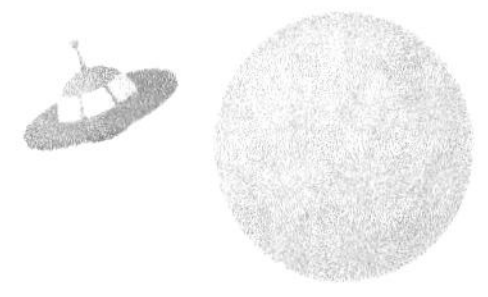

Als ein herzzerreißender Wirbelwind sie von den Füßen zu reißen schien, fühlte sich Lora wie Dorothy im Zauberer von Oz. In einer Minute stand sie auf dem violetten Boden eines außerirdischen Raumschiffs, und in der nächsten kniete sie im langen Gras ihres Vorgartens. Sie würgte, und Pepper schüttelte sich, als ob sie versuchte, Wasser aus ihren Schlappohren zu entfernen.

„Officer Griffin, geht es Ihnen gut?", fragte Loras Nachbar von seiner Einfahrt.

Das Letzte, was Lora jetzt brauchte, war ein neugieriger Nachbar, der Fragen stellte. Lora zwang sich zu einem Lächeln und winkte fröhlich. „Ja, danke."

Zitternd erhob sie sich und eilte zu ihrer Hintertür. In dem Moment, in dem Pepper drinnen war, schloss sie die Tür, lehnte sich schwer atmend mit dem Rücken dagegen und blickte in ihre Küche. Jemand – höchstwahrscheinlich Zhiruto, als er Pepper geholt hatte – hatte die Take-Out-Behälter in den Müll geworfen. Ansonsten sah alles unberührt aus. Ihr Handy lag tot in der Nähe der Hintertür, also steckte sie es ans Ladegerät und starrte auf den Bildschirm, während der Akku lud.

Ihr Verstand spielte immer wieder die Geschehnisse der letzten Tage ab. Sie sollte sich mehr Sorgen darüber machen, was hier auf der Erde vor sich ging, aber alles, woran sie denken konnte, war Zhiruto.

Wir sind verbunden. Seine Worte waren in ihren Kopf eingebrannt. *Du bist perfekt für mich.*

Er hatte ihr das Leben gerettet. Er hatte einen Sklavenring aufgehalten *und* sich um Pepper gekümmert, während sie bewusstlos gewesen war. Verdammt, er war sogar bereit gewesen, sie die Ermittlungen leiten zu lassen, bis hin zu dieser albernen Verkleidung, die sie für ihn geplant hatte. Und er hatte sie genug respektiert, um sie gehen zu lassen, als sie darum gebeten hatte.

Verbunden bedeutete nicht gefesselt.

Ihr wurde übel. Sie sah zu Pepper, die sie von ihrem Platz zwischen Küche und Wohnzimmer ansah. „Glaubst du, ich habe einen Fehler gemacht?"

Pepper wimmerte sanft und schlug mit dem Schwanz einmal auf den Boden.

Lora warf einen Blick auf ihr Handy und die Übelkeit nahm zu, als ihr klar wurde, dass sie keine Möglichkeit hatte, ihn zu kontaktieren. Hatten Außerirdische überhaupt Telefonnummern?

Sie schaltete das Handy ein und wartete in der Hoffnung auf eine Nachricht, dass es lud. Es gab mehrere, aber keine von Zhiruto. Die Polizeistation hatte eine Voicemail hinterlassen, die sie abhörte. Anscheinend hatte Zhiruto ihre Kollegen darüber informiert, dass sie verletzt worden war und eine Weile ausfallen würde. Eine weitere umsichtige Geste, die ihren Bauch mit Bedauern füllte. Die letzte Nachricht kam von Maise: „Lora, ich muss unbedingt mit dir sprechen. Komische Dinge gehen vor sich. Bitte lass mich wissen, ob es dir gut geht."

Lora verzog das Gesicht und fühlte sich schrecklich, dass sie ihre Freundin so lange ignoriert hatte. Sie wählte ihre Nummer, aber nachdem es ein paar Mal geklingelt hatte, wurde sie an die Voicemail weitergeleitet. Sie stellte sich Maise vor, wie sie von Schaum und nassen Hunden umgeben war.

Maises Assistent antwortete: „Yappy Hour - Tierpension und Fellpflege.“

„Hi, Ted. Ist Maise in der Nähe?“

„Nein. Ich habe seit ein paar Tagen nichts mehr von ihr gehört“, sagte der junge Mann, als Hunde im Hintergrund bellten.

Lora blinzelte. „Sie wohnt direkt über dem Laden, Ted. Hast du mal daran gedacht, nach ihr zu sehen?“

„Hey, was sie tut, ist ihre Sache. Ich babysitte Hunde, nicht Menschen.“

Frustriert legte Lora auf und griff nach ihren Schlüsseln. In dem Moment erkannte sie, dass sie nur ein Nachthemd trug, also eilte sie nach oben und zog sich ihre Uniform an. Wenn es zu Problemen kam, wollte sie vorbereitet sein.

Nachdem sie Pepper in den Kofferraum ihres Autos geladen hatte, fuhr sie zu der kleinen Wohnung über dem Hundesalon, in der Maise lebte. Als niemand auf ihr Klopfen reagierte, schaute sie nach links, nach rechts, bevor sie sich streckte und den Ersatzschlüssel aus dem winzigen Windspiel in der Nähe der Tür fischte.

Im Haus sah nichts fehl am Platz aus. Eine gebrauchte Kaffeetasse stand in der Spüle. Die Hundeschüssel enthielt etwas Trockenfutter, das Pepper sofort verschlang. Und es war möglich, dass letzte Nacht jemand in dem ungemachten Bett geschlafen hatte. „Verdammt, Maise, wo bist du?"

Lora holte ihr Handy heraus und wählte erneut die Nummer ihrer Freundin. Die Melodie für Bad Boys ertönte aus dem Schlafzimmer – Maises personalisierter Klingelton für Lora. Unbändige Panik erfüllte sie.

„Scheiße." Sie entdeckte das Handy. Es lag auf dem Nachttisch und das Ladegerät war angeschlossen.

War es nur ein Zufall, dass Maise gleich nach der Auktion verschwunden war?

Nein. Tief im Herzen wusste Lora, dass es eine Verbindung geben musste. Es könnte alles sein: Von einer Alien-Entführung bis hin zu Agent Randall, der sie vor seinem Ableben verkauft hatte. Für einen flüchtigen Moment wünschte sie, Zhiruto wäre hier. *Hör auf damit! Du brauchst ihn nicht.*

Pepper kratzte mit der Pfote über einen Haufen schmutziger Wäsche in der Ecke.

„Gute Idee, Pepper." Lora hob ein paar Socken auf, steckte sie in eine Plastiktüte und hakte Pepper dann wieder an ihre Leine. „Wir werden Maise finden."

Sie gingen nach draußen, und Lora bot Pepper den offenen Beutel zum Riechen an. „Finde sie."

Pepper senkte sofort ihre Nase auf den Boden und startete die Treppe hinunter. Lora erwartete, dass Pepper auf den Parkplatz gehen und sich dort die Spur verlieren würde, weil Maise in ein Auto gezwungen worden war. Der Hund aber führte sie nach hinten, um die Zwinger herum, den Bürgersteig hinunter in die Nachbarschaft. Da die Außerirdischen offiziell verschwunden waren, schien sich die Stadt wieder zu normalisieren, obwohl hier und da noch Schilder in den Vorgärten standen, die auf kostenpflichtige Parkplätze aufmerksam machten.

Sie zogen das Tempo an, Pepper riss an der Leine, als hätte sie ein Ziel vor Augen. Sie überquerten die Brücke, die zur Zellstofffabrik führte. Die Luft war okay, aber der saure Gestank wurde stärker, als die Häuser ausdünnten und die Felder, die die Fabrik umgaben, überhandnahmen.

„Bist du sicher, dass dies Maises Spur ist, Pepper?" Lora hielt die Socken wieder unter die Nase des Hundes.

Pepper bellte und zog härter an der Leine, folgte der Straße zu einer Ansammlung junger Bäume in der Nähe des Zauns, der sie von der Fabrik trennte. Jemand anderes war in letzter Zeit diesen Weg gegangen; das bewiesen die zerstampften Grashalme vor ihnen.

Loras Herz donnerte in ihrer Brust, als sie darüber nachdachte, was sie am Ende dieses Weges finden würde. Sie war doch stark an einen der vielen True Crime-Podcasts erinnert. Nur die Waffe an ihrer Taille vermochte es, sie etwas zu beruhigen.

Sie liefen durch das Waldstück, bis sie auf ein trockenes Bachbett stießen. Pepper trabte ohne Schwierigkeiten den steilen Abhang hinunter, während Lora es vorsichtiger angehen ließ. Dann musste sie einiges geben, um mit dem Hund Schritt zu halten, als Pepper erneut bellte und plötzlich losrannte. Loras Füße polterten über die Erde, und sie betete immer wieder, dass mit Maise alles in Ordnung war.

Sie kletterten aus dem Bachbett und kamen an mehr Bäumen vorbei, um schließlich auf eine Lichtung im Wald zu stoßen. Lora hielt an und starrte den perfekten Kreis aus flachgedrücktem Gras an. In der Mitte saß etwas, das ein wenig wie eine hellviolette Rosenknospe von der Größe eines Stadtbusses aussah.

Pepper bellte wieder und riss an der Leine.

Lora schluckte schwer. „Maise?"

Was auch immer sie vor sich sah, musste zu den Aliens gehören. Sie stellte sich vor, wie sich die Rosenknospe geöffnet haben musste und ihre Freundin verschluckt hatte – wie etwas aus dem Film *Der kleine Horrorladen*. War dieses Ding ein Monster, eine invasive Pflanze, oder etwas vollkommen anderes?

„Maise? Bist du hier?" Sie erlaubte, dass Pepper sie einen Schritt nach vorne zog, direkt auf den Kreis mit dem niedergedrückten Gras.

Ohne Vorwarnung hob die Rosenknospe vom Boden ab. Ein unsichtbares Kraftfeld rollte nach außen und brachte Lora aus dem Gleichgewicht. Sie landete hart auf ihrem Hintern. Pepper wimmerte und kauerte neben ihr. Die Rosenknospe schwebte einen Moment ganz still, schoss dann direkt in den Himmel und verschwand.

Lora erkannte, dass ihr Mund offen stand, als sie ihren Blick von dem leeren Himmel zu der verlassenen Lichtung senkte. Das Ding war ein Raumschiff gewesen.

Und sie war sich sicher, dass Maise an Bord war.

SIEBZEHN

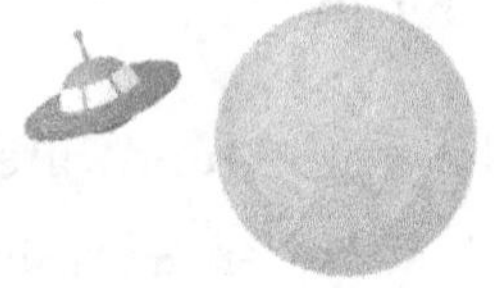

Bis Zhiruto Kirenai Prime erreichte, hatte sich viel verändert: Es hatte sich herausgestellt, dass der kaiserliche Heiler Elthos in die Morde verwickelt war, und Arazhis Gefährtin Georgie war doch nicht unfruchtbar. Im Moment wurde eine Hochzeit geplant, und Zhiruto war zwischen Eifersucht und Freude für seinen Freund hin- und hergerissen.

Auf dem Weg zu dem Prinzen betrachtete er die vertrauten grauen Steinmauern und die violetten Türen des Palastes. Kirenaianer in allen Formen und Größen passierten ihn im Flur, und er war wieder einmal von der Flut der Iki'i-Sinne seines Volkes umgeben. Es fühlte sich gut an, zuhause zu sein, und doch musste er zugeben, dass es sich nicht länger so tröstend anfühlte wie zuvor. Ihm fehlte ein wichtiger Teil seiner Zukunft. Ihm fehlte Loragriffin. *Nein. Lora. Nur Lora.*

Seine Kehle schnürte sich zu. Jetzt war er im Begriff, das Letzte aufzugeben, das ihm etwas bedeutete: seine Position als persönlicher Leibwächter des zukünftigen Kaisers.

Er betrat die Gemächer des Prinzen und fand Arazhi an seinem Schreibtisch, über dem mehrere Bildschirme schwebten. Blaues Tageslicht sprenkelte von den hohen Fenstern über den Boden, und der starke Duft von *Kuro*-Tee stieg aus einer dampfenden Kanne in der Nähe auf. Der Prinz erhob sich, als Zhiruto den Raum betrat, seine blauhäutige menschliche Form in einer scheinbar grauen Hose und einem Hemd, das zu dem Stil passte, den Zhiruto auf der Erde gesehen hatte. Arazhi und er waren bereits vor seiner Position als Leibwächter befreundet gewesen, und die warme Berührung des Iki'i des Prinzen umgab ihn wie eine vertraute Umarmung.

Er erwiderte die emotionale Begrüßung und verbeugte sich leicht. „Mein Prinz."

„Ich bin erleichtert, dass du zurück bist." Arazhi wies mit der Hand auf seinen Schreibtisch. „Diese ganze Sache rund um die Mordversuche ist ein Albtraum, und ich habe keine Ahnung, wie ich mit der Palastwache verfahren soll."

„Ich bedaure, dass ich nicht hier war, um dich und deine Braut zu beschützen." Zhiruto räusperte sich und bereitete sich darauf vor, seinen Rücktritt zu erklären; Arazhi jedoch kam ihm zuvor.

„Es gibt keinen Grund, dich zu entschuldigen. Du bist einer anderen Spur gefolgt. Erzähl mir, was auf der Erde vorgefallen ist." Der Prinz ging zu dem Tisch, auf dem der Tee stand und schenkte eine Tasse für Zhiruto ein, bevor er sich auf einen Sessel mit Blick auf die Terrasse setzte. „Als wir das letzte Mal sprachen, meintest du, der Attentäter sei ein Burendo."

Zhiruto seufzte und setzte sich dem Prinzen gegenüber. *Natürlich kann ich auch zuerst die Ereignisse wiedergeben und dann zurücktreten.* Er starrte auf die blauen Bäume vor dem Fenster und versuchte, seine Gedanken zu sammeln. Er hatte sein Iki'i nie vor seinem Freund abschirmen müssen, aber seine aufgewühlten Emotionen waren zu roh, um sie zu teilen. Und so verstärkte er seine Mauern. „Der Bericht über einen Burendo hat sich als cleveres Ablenkungsmanöver herausgestellt, das mich von dem eigentlichen Problem ablenken sollte." Die Erinnerung an den angeblich vergifteten Kirenaianer, der sich gerade lange genug aus der Transportbox erhoben hatte, um die Lüge glaubhaft erscheinen zu lassen, schmerzte noch immer. „Ich schäme mich, zugeben zu müssen, dass die Informationen vom Attentäter selbst kamen – ich habe direkt mit ihm gesprochen, ohne es zu merken."

Zhiruto ließ die intimen Details über Lora aus und gab sonst genau wieder, was auf der Erde vorgefallen war. Als er zu dem Teil mit Agent Randall kam, der mit Frauen handelte, sog Arazhi wütend Luft in seine Lungen. „Verwerflich."

Zhiruto nickte. „Ja, er war ein verachtenswerter Mann. Ich bin mir nicht sicher, warum ich seine Absichten nicht von Anfang an gespürt habe."

Arazhi nahm einen Schluck von seinem Tee. „Könnte es etwas mit der hübschen Menschenfrau zu tun haben, die ich bei jedem Videoanruf mit dir gesehen habe?"

Hitze stieg in Zhirutos Gesicht. „Hat die Kaiserin mit dir gesprochen?“

„Meine Mutter und ich haben gerade nicht die beste Beziehung.“ Arazhi zog die Augenbrauen zusammen. „Warum fragst du?“

Jetzt verstand Zhiruto, warum Arazhi nicht gleich nach Lora gefragt hatte. Zhiruto nahm seine Teetasse und starrte auf die dunkle Flüssigkeit. „Du bist nicht der Einzige, der auf der Erde eine Gefährtin gefunden hat.“

„Aha!“ Arazhi stellte seine Tasse mit einem lauten Klirren ab. „Ich habe mich schon gewundert, warum du auf deine menschliche Form zu bestehen scheinst.“

Zhirutos normale Form im Palast war die eines Hypawaners, die Spezies seiner Mutter, mit schlanken Gliedmaßen und einer Haarmähne, die vom Kopf bis über den Rücken führte. Seine Wirbelsäule kribbelte bei der Erinnerung. Es fühlte sich seltsam und niederschlagend an, dass er nie wieder diese vertraute Form annehmen könnte. Wie sollte er das seiner Mutter erklären?

Der Prinz rüttelte ihn mit einem freundlichen Klaps auf die Schulter aus seinen Gedanken. „Das sind großartige Neuigkeiten. Wo ist sie? Georgie wird sich über eine menschliche Freundin freuen."

Die Mauer um Zhirutos Iki'i bröckelte und spuckte einen Teil der Schuldgefühle und der Scham aus, die ihn zu verzehren drohten. „Sie wollte nicht mit mir kommen."

Arazhi lehnte sich zurück, aber Mitgefühl strömte von ihm zu Zhiruto. „Nun, Menschen sind schwierig. Georgie brauchte viel Überzeugungsarbeit, bis sie mich schließlich akzeptiert hat. Versuche es weiter."

„Das geht nicht." Es war nicht einfach, die nächsten Worte an dem Knoten in seinem Hals vorbeizubekommen. „Ich habe sie ohne ihre Erlaubnis für mich beansprucht."

Ein Anflug von Sorge strahlte vom Prinzen zu ihm. „*Kuzara*", fluchte er.

Zhiruto erhob sich und hielt die Augen gesenkt. „Sie hat mir sehr deutlich zu verstehen gegeben, dass sie mich nicht wiedersehen möchte. Sie fühlt sich von mir verraten, und ich kann nachvollziehen, warum sie wütend auf mich ist. Auch mache ich dir keine Vorwürfe, dass du mich aus deinem Dienst entlässt."

„Dich entlassen?" Arazhi schnitt eine Hand wie eine Klinge durch die Luft. „Niemals. Du bist mein wichtigster und vertrauenswürdigster Berater. Das hat nichts mit deiner Fähigkeit zu tun, mir zu dienen."

„Aber ich bin jetzt in dieser Form gefangen." Zhiruto schaute auf, sicher, dass er Ekel in den Augen seines Prinzen vorfinden würde.

Stattdessen entdeckte er Entschlossenheit. „Ich sehe jetzt auch wie ein Mensch aus, also passen wir doch ganz gut zusammen, oder?", sagte Arazhi. „Du wirst deinen Posten beibehalten. Und es gibt keinen Grund, das Thema erneut anzusprechen." Der Prinz stand auf, lief hinter seinen Schreibtisch und zeigte bei einem schwebenden Bildschirm auf eine Liste mit Namen. „Das sind die Wachen, die während des letzten Attentats Teil meines Sicherheitsteams waren. Konntest du herausfinden, wer mit dem Attentäter zusammengearbeitet hat?"

Sich wieder auf die Arbeit zu konzentrieren, half, den Schmerz in Zhirutos Brust zu dämpfen. „Nein. Aber ich habe die Aufzeichnungen der IPV durchgesehen und es gibt eine Person, die nicht auf der Gästeliste aufgeführt war – ein Kire-naianer namens Iroth. Er ist als *Schifffahrtsexperte* gelistet und ich vermute, dass er einen der Schleuserringe anführt, der illegale Sklaven transportiert."

„Wie schafft es so jemand, eine Einladung zu der Veranstaltung zu bekommen? Ich dachte, die IPV verlässt sich auf Empfehlungen."

„Meine Vermutung ist, dass jemand die Einladungen manipuliert hat. Ich brauche einen Haftbefehl mit deinem Siegel, um die verschlossenen Akten der IPV ansehen zu können."

„Wird erledigt."

In dem Augenblick wehte eine weibliche Stimme von der Türschwelle zu ihnen. „Arazhi, kann ich dich kurz stören?"

Die Menschenfrau hielt ein Datenpad in einer Hand. Auf der Nase trug sie eine Brille, die ihre Augen größer erscheinen ließ und ihr blassblondes Haar hing locker um ihr Gesicht.

Arazhis Lächeln kam so plötzlich, und es ging mit einer Welle Liebe einher, die durch den Raum und gegen sein Iki'i schwappte. „Georgie, komm und lass mich dir Zhiruto vorstellen, meinen persönlichen Sicherheitschef."

„Freut mich." Sie schenkte Zhiruto ein angespanntes Lächeln, bevor sie ihre Aufmerksamkeit wieder auf Arazhi lenkte. „Ich wollte meine Freunde zur Hochzeit einladen, kann aber Maise nicht erreichen. Lora glaubt, dass Maise entführt wurde. Hier, ich möchte, dass du mit ihr sprichst."

Loragriffin. Zhiruto hatte das Gefühl, dass die kommenden Sekunden in Zeitlupe abliefen.

Arazhi griff nach dem Datenpad. „Hier spricht Prinz Arazhi."

Loragriffins Gesicht erschien auf dem Bildschirm. Der Winkel erlaubte ihr nicht, abgesehen von Arazhi etwas anderes zu sehen. „Hallo, Eure Hoheit. Vielen Dank, dass Sie mich anhören. Ich habe hier auf der Erde mit Ihrem Sicherheitschef zusammengearbeitet."

Der Prinz warf Zhiruto einen besorgten Blick zu. „Kein Grund für Formalitäten. Danke für deine Hilfe. Wie kann ich dir helfen?"

Sie lächelte und nickte. „Meine Freundin Maise wurde in einem Raumschiff entführt. Wir müssen sie finden, bevor sie in die Sklaverei geschickt wird."

Zhirutos Magen verkrampfte sich. Er hatte nur daran denken können, der Erde zu entkommen, und hatte nicht mal die Möglichkeit in Betracht gezogen, dass die Sklavenhändler, die mit Agent Randall zusammengearbeitet hatten, wahrscheinlich noch auf dem Planeten waren.

Arazhi fragte: „Warum glaubst du, wurde sie entführt?"

„Pepper und ich haben ihren Duft bis zu der Zellstofffabrik verfolgt." Peppers Schnauze erschien kurz auf dem Bildschirm. „Auf einer Lichtung haben wir ein Raumschiff entdeckt. Ein seltsames lila Ding, das wie eine Rosenknospe aussah. Es flog weg, bevor ich es stoppen konnte. Kannst du es aufspüren?"

Der Prinz verzog das Gesicht und schüttelte den Kopf. „Es ist fast unmöglich, ein Raumschiff zu verfolgen, nachdem es den FTL-Antrieb aktiviert hat. Wir werden die Pfade für die Raumschiffe absuchen, aber ich fürchte, dass du dich auf das Schlimmste einstellen musst."

Georgie schüttelte den Kopf. Als sie auf Arazhi zuging, fühlte Zhiruto die Panik, die in der Menschenfrau aufstieg. „Nein! Wir müssen sie finden!"

„Es muss doch etwas geben, was du tun kannst", fügte Loragriffin hinzu.

Zhiruto riss seinem Prinzen das Datenpad aus der Hand und drehte es, damit er in Loragriffins hübsche, braune Augen schauen konnte. „Das ist allein meine Schuld, Loragr – Lora." Er stoppte sich, bevor er ihren vollständigen Namen sagte. „Ich werde sie finden, das verspreche ich dir. Und wenn es den Rest meines Lebens dauert; ich werde sie finden."

ACHTZEHN

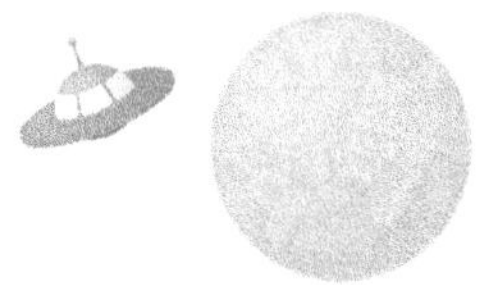

Lora trat vom Raumschiff auf die Rampe und starrte auf den spektakulären, blauen Wald rund um den Landeplatz. Die Hochzeit fand Ende der Woche statt, und sie war nach Kirenai Prime gekommen, um Georgie mit den letzten Details zu helfen.

Drei Wochen waren vergangen, seit sie mit Zhiruto gesprochen hatte, und seither erhielt sie die Updates über seine Suche nach Maise von Georgie. Wenn Lora darum bat, direkt mit ihm zu sprechen, wurde ihr gesagt, dass er anderweitig beschäftigt sei. *Klassisches Ausweichmanöver.* Aber sie konnte es ihm nicht verübeln. Sie hatte gehandelt, ohne nachzudenken, ohne ihm die Gelegenheit zu geben, sich zu erklären. Möglich, dass sie ihn sogar ekelhaft und abartig genannt hatte. Wenn ihre Rollen vertauscht wären, würde sie ihm wahrscheinlich auch die kalte Schulter zeigen.

Aber sie bekam ihn einfach nicht aus ihrem Kopf. *Denkt er überhaupt noch an mich?*

„Bitte weitergehen. Ich werde Ihre Taschen holen." Ein blauer Außerirdischer mit langen Stielen, die zu Augen führten, und Fingern wie von einem Gecko gestikulierte die Rampe hinunter. Georgies Familie lief über den Asphalt in Richtung des riesigen Steinpalastes wie eine Herde verwirrter Gänse.

„Danke", antwortete Lora in seltsamen Silben, die nichts mit ihrer Muttersprache zu tun hatten. Während der zweitägigen Reise zu Kirenai Prime hatte sie einen Chip erhalten, der es ihr ermöglichte, nicht nur zu verstehen, sondern auch andere Sprachen zu sprechen.

Sie packte Peppers Leine und folgte der Anweisung. Der Hund blieb eng an ihrer Seite, die Ohren gespitzt und die Nase so beschäftigt, wie noch nie zuvor in dem Leben des Hundes. Sie war sich nicht sicher gewesen, ob sie Pepper mitbringen sollte, aber da Maise immer noch vermisst wurde, wollte sie ihr

Fellbaby nicht in der Tierpension in einem Zwinger zurücklassen.

Vielfältig geformte und farbige Außerirdische hatten sich auf dem Asphalt versammelt, wo die Palastwachen einen Sicherheitskorridor für die Gäste formten. Einige Neugierige hielten Sonnenschirme oder trugen große Hüte, und als sie die Sonne auf ihrem Kopf fühlte, verstand sie. Sie war gewarnt worden, dass der Planet heiß sei, aber jetzt fragte sie sich, ob ihr Koffer voller Tanktops und Shorts die richtige Wahl gewesen war – selbst LSF 100 würde ihre Haut nicht vor dieser Sonneneinstrahlung schützen.

Einige Meter vor ihr waren die Steinmauern des Palastes mit blauen Reben und magentafarbenen Blumen bedeckt. Die massiven violetten Türen sahen aus, als wären sie aus dem gleichen Material wie das Raumschiff, in dem sie hergekommen war. Die Doppeltür öffnete sich zu einem von hohen blauen Bäumen beschatteten Innenhof. Kies, der an Perlen erinnerte, schuf Pfade durch das Moos, das um die Stämme wuchs, und kleine gelbe Blüten sprießten auf der gesamten Fläche.

Sie war kaum zwei Schritte gegangen, als Georgie aus dem Schwarm ihrer Verwandten herausbrach, auf sie zurannte und Lora umarmte. „Lora!"

„Georgie!" Lora erwiderte die Umarmung ihrer Freundin und freute sich, sie endlich wieder vor sich zu haben. „Ich kann nicht glauben, dass ich auf einem fremden Planeten bin."

„Irre, oder?" Pepper verlor vollkommen die Fassung, wimmerte und wackelte aufgeregt mit ihrem gesamten Hintern. Georgie beugte sich vor und streichelte den Hund. „Hallo, Pepper. Wie geht es meinem braven Mädchen?"

Georgies Vater gesellte sich zu ihnen, sein kahler Kopf mit Schweißtropfen bedeckt. „Georgie, Tante Bev hat ein paar Fragen zu den Schlafarrangements."

„Natürlich", sagte Georgie. „Ich werde euch zu euren Zimmern bringen."

Lora war zwei Tage lang mit Georgies Familie in einem Raumschiff eingesperrt gewesen, und obwohl es ihr in begrenzten Dosen nichts ausmachte, brauchte sie eine Verschnaufpause. Der Schatten im Hof fühlte sich nett an, also ließ sie die

Familienmitglieder vorgehen. Pepper zerrte sie in Richtung eines kleinen Baches und gönnte sich eine Erfrischung, bevor sie ihr Geschäft im Moos erledigte.

Lora zuckte zusammen, schaute sich panisch um und hoffte, dass es niemand sah. Sie hatte keine Beutel dabei. Wie es schien, musste sie sich in dem Punkt jedoch keine Gedanken machen, denn wie aus dem Nichts erschien ein stämmiges blaues Alien mit massiven Koteletten und beseitigte Peppers Hinterlassenschaft, als ob so etwas jeden Tag passierte.

„Danke", sagte sie.

Er verbeugte sich und verschwand ohne ein Wort.

Durch eine kleine Tür betrat sie den Palast. In der Minute, in der sie über die Türschwelle getreten war, wimmerte Pepper aufgeregt und riss sie plötzlich nach links. Eine riesige Halle war von hier zu sehen, und die Gespräche von Georgie und ihrer Familie hallten so laut durch den Palast, dass es kein Problem wäre, sie zu finden. Sie erlaubte also Pepper, die Führung zu übernehmen.

Eine vertraute Gestalt mit breiten Schultern und langen blauen Haaren stand wie eine Statue in der

Mitte dessen, was verdächtig nach einem kleinen, unbeleuchteten Abstellraum aussah. *Zhiruto*.

Er trug eine figurbetonte weiße Tunika und eine schwarze Hose mit orangefarbener Paspelierung entlang der Bügelfalten.

Lora blieb die Luft weg. Peppers Leine rutschte ihr aus den tauben Fingern und der Hund stürzte los, ihr Körper mit überwältigender Freude genährt.

Zhiruto streckte die Hand aus und streichelte den Hund, ohne seinen Blick von Lora zu nehmen. „Lora", hauchte er.

Dass er nur ihren Vornamen benutzte, fühlte sich wie ein Schlag in die Magengegend an. Sie hörte sich selbst sagen: „Du kannst mich Loragriffin nennen, wenn du willst."

Etwas veränderte sich in seinen dunklen Augen, ein Aufblitzen einer Emotion, die so schnell erlosch, wie sie aufgetaucht war. „Ich habe deine Freundin noch nicht gefunden. Bitte vergib mir."

Sie schüttelte den Kopf und trat vor, unsicher, wie sie reagieren sollte. Er war so angespannt. So formell. Der Raum war winzig und sein würziger, männlicher Duft füllte die Luft. „Ich glaube dir, dass du dein Bestes gibst. Prinz Arazhi hat mich bereits gewarnt, dass ich mir keine Hoffnung machen soll."

„Ich werde nicht aufgeben, bis ich sie gefunden habe." Er ging einen Schritt zurück, lief um sie herum und verließ den Raum.

Am ganzen Körper bebend stand Lora in dem Abstellraum und versuchte, zu verarbeiten, was gerade passiert war. Hatte er sich vor ihr ... versteckt? Ja, das war die logischste Erklärung. Er versuchte, ihr aus dem Weg zu gehen. Sie rieb sich den Nacken. Dies würde ein langer und qualvoller Besuch werden, wenn er es nicht einmal schaffte, in ihrer Nähe zu sein.

Verunsichert und mit wackeligen Beinen eilte sie den Flur entlang und jagte den Stimmen von Georgies Familie nach.

***

Die nächste Woche war gefüllt mit Aktivitäten, um Georgie bei dem Feinschliff der Festivitäten zu helfen. Die wenigen Male, in denen Zhiruto mit ihnen im selben Raum war, sah er sie kaum an und fand immer eine Ausrede, sodass er so schnell wie möglich fliehen konnte. Obwohl Georgie den Kopf voll hatte, bemerkte auch sie die Spannung.

„Was ist zwischen dir und Zhiruto passiert?", fragte Georgie, als sie für die letzten Anpassungen ihres Kleides stillstand. Ihr Brautkleid war hauchdünn, und Millionen von Perlen waren mit einer außerirdischen Technologie an dem Stoff befestigt worden, sodass sie das Kleid nicht beschwerten.

Lora schüttelte den Kopf. Sie hatte ihrer Freundin nichts erzählt, weil sie nicht wollte, dass ihr Drama Georgies großen Tag ruinierte. Es würde Zeit nach der Hochzeit geben. „Ich kann noch nicht darüber reden."

Georgies blasse Augenbrauen hoben sich. „Ich kann Arazhi bitten, ihn bis nach der Hochzeit auf Abstand gehen zu lassen."

„Nein!" Lora packte die Hand ihrer Freundin und gewann sich damit einen verärgerten Blick von der Schneiderin, die entlang des Saums eine Perlenreihe annähte. „Bitte sag nichts."

„Dann sag mir, was los ist."

Lora schaute weg. „Es ist kompliziert. Ich verspreche, ich erzähle es dir später, okay? Für den Moment sollten wir uns auf dich und die Hochzeit konzentrieren.“

Georgie stieß einen Seufzer aus. „In Ordnung. Aber wenn du deine Meinung änderst, lass es mich wissen.“

Lora zwang sich zu einem schwachen Lächeln und nickte. „Danke.“

An diesem Abend fand das Probeessen statt, und nach mehreren Durchläufen in dem riesigen Amphitheater, das für die Zeremonie ausgewählt wurde, begaben sich alle zu einem kleinen Bankettsaal im Palast. Georgies Tante Bev benahm sich wie eine Glucke und hatte auf eine traditionelle Sitzordnung bestanden, was dazu führte, dass Lora beim Essen neben Zhiruto saß. Als sie neben ihm Platz nahm, flatterte ihr Herz so unberechenbar, dass sie fürchtete, sie könnte in Ohnmacht fallen.

Er trug menschlich aussehende Kleidung, und das weiße Hemd schmiegte sich an seinen Bizeps und seine Schultern, als hätte den Stoff jemand aufgemalt. Er hatte sein langes blaues Haar zu einem Man Bun gebunden, und die blauen Stoppeln an seinem Kiefer waren getrimmt, sodass sie seine sinnlichen Lippen einrahmten. Nicht, dass er sich auch nur einmal zu ihr gedreht hätte, um ihr eine vollständige Beurteilung zu ermöglichen. Er hielt seinen Blick geradeaus, und seine angespannten Schultern und die heraustretenden Sehnen an seinem Hals vermittelten sehr deutlich seinen Unmut über ihre Präsenz.

Sie griff nach dem seltsamen Essen auf ihrem Teller. Sie hatte keinen Appetit. Alle lachten und plauderten um die Blase herum, die sich um Zhiruto und sie gebildet hatte. Das kohlensäurehaltige Getränk erinnerte an Champagner, aber alles, was sie wollte, war ein Bier. Was sie natürlich daran erinnerte, wie Zhiruto eine Flasche in einem Zug geleert hatte. In einem Zug! Das löste in ihr die Sehnsucht aus, in der Zeit zurückzureisen und ihren Fehler wieder gutzumachen.

Dann hatte sie eine Erleuchtung. Unfassbar. Wie ihre Mutter grübelte sie, was ein Mann wohl über sie dachte. Das genaue Gegenteil von dem, was sie geschworen hatte zu sein. Sie sollte sich nicht die Schuld für seine Reaktionen geben. Sie war es, der Unrecht angetan wurde, als er sie ohne Erlaubnis an sich gebunden hatte, und Zhiruto hatte kein Recht, sie wie einen Außenseiter zu behandeln, sich zu weigern, sie anzusehen oder gar mit ihr zu sprechen.

Zum ersten Mal heute Abend drehte sie sich um und sah ihn direkt an. „Smalltalk ist doch wirklich nicht zu viel verlangt, oder?"

Seine Kehle bewegte sich, als er schluckte. Langsam drehte er sich ihr zu, angespannt und mit einem düsteren Ausdruck. „Wie du wünschst. Was würdest du gerne besprechen?"

Ihr Mund trocknete aus. *Verdammt, warum sah er nur so verdammt hinreißend aus?* Sie klammerte sich an die hauchdünnen Fäden ihrer Empörung. „Nun, du könntest damit beginnen, dich zu entschuldigen."

„Für was?"

„Dafür, dass du mir seit meiner Ankunft aus dem Weg gehst. Allen fällt es auf und es ist mir unangenehm, dass ich darauf angesprochen werde."

Sein Blick schweifte über ihr Gesicht, als ob er versuchte, sich jede Kurve und jeden Schönheitsfleck einzuprägen. „Es tut mir leid. Ich finde es schwierig, in deiner Nähe zu sein, aber ich werde mich mehr anstrengen, wenn dir das hilft."

Sie schluckte schwer. Er konnte es nicht ertragen, in ihrer Nähe zu sein? Ihr Herz fühlte sich an, als wäre es aus Glas. Es fühlte sich an, als würde es gleich brechen. „Auch für mich ist es nicht einfach, in deiner Nähe zu sein."

Er lehnte sich etwas zu ihr, seine Augen noch immer auf sie gerichtet. „Ich kann nicht aufhören, an dich zu denken."

Ein Ruck des Bewusstseins raste durch sie hindurch. Ihr Atem stockte und sie musste eine Antwort erzwingen. „Auf eine gute oder eine schlechte Art und Weise?"

„Beides. Es tut mir wirklich leid, dass ich unsere Beziehung überstürzt habe." Unter dem Tisch streifte sein Bein ihres. Und genau dort blieb es.

Oh Gott, da war wieder dieses schwindelerregende, flatternde Gefühl. „Ich glaube nicht, dass man unsere gemeinsame Zeit als Beziehung bezeichnen kann."

Seine Hand glitt vom Tisch und ruhte nun sanft auf ihrem Oberschenkel. Die Hitze seiner Handfläche schien sich direkt auf ihre Mitte auszuwirken, und ihre Nippel reagierten und wurden hart. Er leckte seine Lippen, und sie konnte nicht anders, als der Bewegung seiner Zunge zu folgen. „Gerne hätte ich deine Erlaubnis, es noch einmal zu versuchen."

Die plötzliche Veränderung in seinem Ton bereitete ihr ein bisschen Angst und … machte sie unglaublich glücklich. Sie sah zu den anderen, die sich der sexuellen Spannung, die zwischen Zhiruto und ihr zirkulierte, nicht bewusst zu sein schienen. Sie hatten eine Verbindung, die Lora nicht länger leugnen konnte. Eine Verbindung, nach der sie sich sehnte. Sie begegnete erneut seinem Blick, sah unter den Wimpern zu ihm auf und nickte. „Lass uns nach der Hochzeit darüber reden."

Seine Hand zog sich zurück und plötzlich war ihr so kalt. Ihr Herz jedoch schwoll an, denn seine gesamte Körpersprache hatte sich verändert. Er lächelte. Er lächelte! „Wie du wünschst, Loragriffin."

NEUNZEHN

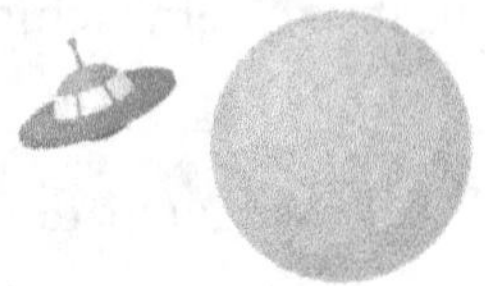

In der Zeit zwischen dem Probeessen und der Hochzeit hatte Zhiruto kein Auge zugemacht. Loragriffin wollte ihm eine zweite Chance geben. Was auch immer nötig war, wie lange sie auch brauchte, er würde einen Weg finden, um Teil ihres Lebens zu sein. Sie motivierte ihn dazu, der bestmögliche Gefährte zu sein, und er würde bis in alle Ewigkeit versuchen, sie glücklich zu machen.

Er erfüllte seine Pflichten für den Prinzen und sorgte dafür, dass die Hochzeit ohne Schwierigkeiten über die Bühne ging. Mit über fünfzigtausend Anwesenden war ein guter Plan von Nöten gewesen, um für das kaiserliche Paar die Sicherheit zu garantieren. Jetzt stand er neben seinem Prinzen am Altar und hoffte, dass die Zeremonie bald begann, sodass sie schnell vorbei wäre, denn er wollte sich voll und ganz auf seine Gefährtin konzentrieren.

Loragriffin erschien noch vor der Braut und schwebte den Gang hinunter auf ihn zu. Sein Schwanz zuckte bei ihrem Anblick, bei ihren wohlgeformten Beinen, die durch den langen Schlitz im Rock ihres magentafarbenen Kleides aufblitzten. Nicht einmal die Braut in all ihrer Pracht konnte die atemberaubende Schönheit seiner Gefährtin übertreffen. Während der gesamten Zeremonie hatte er nur Augen für Loragriffin.

Sie warf ihm schüchterne Blicke zu, und er konnte ihre Sehnsucht nach ihm gegen sein Iki'i wehen spüren. Nach der Situation im Abstellraum hatte er versucht, sich von ihr abzuschotten. Jetzt schwelgte er in ihrer Aufmerksamkeit. Er würde keinen weiteren Moment ihrer gemeinsamen Zeit verschwenden.

Der Geistliche erklärte das kaiserliche Paar zu Mann und Frau. Keine Sekunde später riss Arazhi seine Gefährtin an sich und presste einen Kuss auf ihre pinken Lippen. Ein Kuss, der das Amphitheater mit dem Applaus von den anwesenden Gästen zum

Beben brachte. Dann drehten sie sich um und eilten auf die Kutsche zu, die Zhiruto für das Brautpaar, Loragriffin und sich selbst arrangiert hatte. Georgie hatte auf etwas bestanden, das als *Flitterwochen* bezeichnet wurde, obwohl anscheinend kein Flitter benötigt wurde. Er und Loragriffin würden das kaiserliche Paar an einen sicheren Ort begleiten und für die Dauer in der Nähe bleiben.

Und er plante, die Zeit, die ihm zur freien Verfügung stand, dazu zu nutzen, Loragriffin zu umwerben, bis er sie wieder in seinen Armen halten durfte.

Als Tausende glühender Ballons von der Amphitheaterdecke fielen und die Menge in ohrenbetäubenden Jubel ausbrach, trat er auf Loragriffin zu und streckte einen Arm aus.

Sie strahlte ihn mit Tränen in den Augen an. „Das war wunderschön.“

„Das war es.“ Er hakte ihren Arm bei sich ein und folgte dem Prinzen und seiner Angetrauten.

Er hatte dafür gesorgt, dass mehrere Kutschen als Lockvögel fungierten, und führte seine Gefährtin in die mit dem Brautpaar. Als die Kutsche losruckelte und sich das kaiserliche Paar verliebt in die Augen sah, wandte er sich zu Loragriffin. „Können wir jetzt reden, Loragriffin?"

Sie lächelte, Zuneigung wärmte sein Iki'i. „Halt die Klappe und küss mich, Zhiruto."

Entzückt von der Idee, sie wieder berühren zu dürfen, glitt er mit der Handfläche über ihren Kiefer, bis sie auf ihrem Nacken zum Ruhen kam. Ihre Haut war so weich, ihr Haar wie feine Seidenfäden zwischen seinen Fingern. Sie war zart und doch so stark. Widerstandsfähig auf eine Weise, die er sich nie hätte vorstellen können. Dass sie bereit war, überhaupt darüber nachzudenken, ihm zu vergeben, was er getan hatte, war ein Wunder, und er würde sie nie als Selbstverständlichkeit sehen, würde jedes Wort, das sie an ihn richtete, schätzen.

Aber im Moment wollte sie nicht sprechen. Sie lehnte sich ihm entgegen, ihr Mund neigte sich zu seinem, und er strich mit seinen Lippen über ihre, bevor er ihren Mund in einem fordernden Kuss für sich beanspruchte.

EPILOG

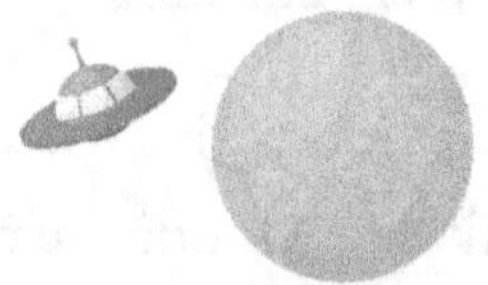

Lora warf den letzten Bissen ihres *Kazhitu-Gebäcks* zu Pepper und nippte an dem kühlen, fruchtigen Getränk, das der lustige Außerirdische namens Deshel ihr gegeben hatte. Er erinnerte sie an einen Hauselfen aus Harry Potter, und sie war jedes Mal versucht, ihm eine Socke zu geben, wenn sie ihn sah. Aber anscheinend war Sklaverei auf dieser Seite der Galaxie eine akzeptierte Sache, und die Aliens traten bereitwillig – mit großer Freude – in eine vertraglich ausgehandelte Knechtschaft.

Aber nicht Maise. Lora hob den Kopf zum aufhellenden Himmel und fühlte sich schuldig, weil sie hier saß und bedient wurde, während Maise …

Lora wollte nicht darüber nachdenken, was Maise gerade ertragen musste.

„Woran denkst du, Loragriffin?" Zhiruto legte sein Datenpad beiseite. Seit sie sich wieder vertragen hatten, arbeiteten sie vermehrt an ihrer Kommunikation; es hatte bereits zu viele Missverständnisse zwischen ihnen gegeben, und das, obwohl er in der Lage war, ihre Emotionen wahrzunehmen.

„Ich mache mir Sorgen um Maise." Sie hatte ihren Job als Polizistin gekündigt, um einer galaktischen Task Force beizutreten, die sich darauf konzentrierte, entführte Frauen zu finden. Ihr Team hatte es geschafft, mehrere Menschenfrauen aufzuspüren und zu retten, aber keine war ihre Freundin gewesen.

Er rückte seinen Stuhl näher und legte einen Arm um ihre Schultern. Er sagte nichts, schenkte ihr lediglich seinen Trost und seine Wärme. Sie hatten seine Schuldgefühle und ihre Sorge um Maise bereits millionenfach besprochen, und er wusste, dass alles, was er anbieten konnte, eine Umarmung war.

Das Handy in ihrer Tasche fing an, den Song *Jaws* zu spielen, und sie stöhnte. Ihre Mutter bestand immer noch darauf, ihre alte Handynummer zu verwenden, und Zhiruto hatte dafür gesorgt, dass Anrufe über die interstellaren Kommunikationswege weitergeleitet wurden. Lora wollte den Anruf ignorieren; für Zhiruto jedoch war Familie wichtig. Also nahm sie ab, ohne auch nur einen Blick auf das Display zu werfen. „Hey, Mom."

„Lora?" Weißes Rauschen machte die atemlose Stimme unkenntlich. Sie wusste jedoch mit hundertprozentiger Sicherheit, dass es sich nicht um ihre Mutter handelte.

„Ja? Wer ist da?"

„Ich bin's. Maise."

„Maise!" Lora nahm das Telefon von ihrem Ohr, sah auf das Display und blickte in die Augen ihrer Freundin. „Wo bist du? Ist mit dir alles okay?"

Maises rabenschwarzes Haar hing lose um ihr Gesicht, und ihre Augen waren blutunterlaufen. Hatte sie geweint? „Lora, wir brauchen deine Hilfe."

Lieber Leser,

Danke, dass Du die Geschichte von Lora und Zhiruto gelesen hast! Ich hoffe, Du hast ihr Happy End genossen. Bist Du bereit, herauszufinden, was mit Maise passiert ist? Sie findet ihren heißen blauen Außerirdischen in Buch 3, Iroth.

Um nicht auf den ersten Blick erschossen zu werden, ist er gezwungen, die Form eines der primitiven vierbeinigen Haustiere der Menschen anzunehmen ...

Für eine Leseprobe wische zur nächsten Seite.

Danke fürs Lesen! Bis zum nächsten Mal!
xoxo Tamsin

P.S. Hast Du Interesse an einer Bonusszene aus Agent Randalls Perspektive? Dann melde Dich für meinen Newsletter an!
Hier anmelden >>>
https://news.tamsinley.com/q66tKH

IROTH: EINE SCIFI ALIEN ROMANZE

INTERGALAKTISCHE PARTNERVERMITTLUNG: VERSTEIGERT AN DIE ALIENS, 3

Ein Schmuggler auf sich allein gestellt

Iroth handelt nicht mit lebendiger Fracht, aber der Auftrag auf der Erde klingt zu gut, um ihn abzulehnen: Kaufe eine Menschenfrau, bringe sie nach Kirenai Prime und sammle die Belohnung ein. Doch damit hat er nicht gerechnet: Er tappt in eine Falle und plötzlich steht er auf der Abschussliste, weil er angeblich den Kronprinzen ermorden wollte. Um zu vermeiden, selbst erschossen zu werden, nimmt er die Gestalt eines vierbeinigen Haustiers der Erde an.

Eine Menschenfrau mit Nerven aus Stahl

Maise erwartete, die Wohltätigkeitsauktion mit einem heißen Date zu verlassen. Stattdessen kehrt sie mit einer verwundeten Dogge und einer Menge Fragen nachhause zurück. Als sich der riesige Hund in einen mürrischen, blauen Alien mit hinreißenden türkisen Augen verwandelt und sie um Hilfe bittet, stimmt sie aus Mitleid zu.

Trotz ihrer anfänglichen Hilfsbereitschaft will sie am Ende nur eines: von dem Raumschiff entkommen, in das er sie mit Hintergedanken gelockt hat. Erst als sie Zeit mit ihm verbringt und ihn besser kennenlernt, wird ihr klar, dass er nicht das Monster ist, das er vorgibt zu sein. Werden ihre Stärke und ihre Gutmütigkeit ausreichen, um das Eis um sein Herz zum Schmelzen zu bringen?

Troth blockierte sein Iki'i, sodass die Kirenaianer in der Nähe ihn nicht identifizieren konnten. Zudem passte er die formelle menschliche Kleidung an, die seine Matrix bedeckte, und nahm sich einen Moment Zeit, um sich zu sammeln. Die Teleportation ließ ihn immer benebelt zurück, und das Transportnetz um die Erde war offensichtlich in Eile aufgebaut worden, ohne die üblichen Puffer, um Unbehagen zu lindern.

Er atmete langsam ein. Die warme Nachtluft war gefüllt mit den Lauten von Insekten. Unter seinen Füßen fanden sich weiche Gräser, kurz geschoren, die Farbe nicht erkennbar, obwohl in der Umgebung überall Lichter hingen. Ein paar andere Kirenaianer in der Gestalt von blauen Menschen bewegten sich bereits auf einem vorgeschriebenen Pfad in Richtung der Geräusche einer sich versammelnden Menge.

Er drückte die Schultern durch und betrat besagten Pfad. Heute Abend stand er auf einer exklusiven Gästeliste voller hochrangiger Würdenträger und wohlhabender Kaufleute. Mit der blaugrünen Menschengestalt, die er angenommen hatte, war er vertraut, da sie seiner Mutter, die Fogarianerin war, ähnelte. Der Unterschied zeigte sich darin, dass er nun größer war, weniger behaart und gänzlich ohne Krallen und Reißzähne. Aber es war nicht die Form, die ihn unbehaglich machte, es war die Rolle, die er spielen musste.

Normalerweise zog er es vor, seine Arbeit als Diener oder Untergebener zu erledigen und sich unter die Einheimischen zu mischen. Er war ein Burendo, der sowohl Farbe als auch Form ändern konnte, obwohl er für diesen Job das Blau seiner kirenaianischen Seite beibehielt. Er berechnete seinen Kunden exorbitante Preise und hatte Spaß dabei, Events dieser Art zu infiltrieren, um diplomatische Informationen zu sammeln oder Schmuggelware zu vertreiben. Heute jedoch hatte er eine andere Art von Fracht im Sinn. *Lebende Fracht.* Und der einzige Grund, warum er zugestimmt hatte, war, dass der Erwerb legal sein würde, für einen Kunden, der nicht wollte, dass die Transaktion in seinem eigenen Namen getätigt wurde.

Iroth lief über den Pfad und betrachtete zwei Frauen, die Schulter an Schulter standen, während sie die vorbeiziehenden Gäste beobachteten. Er kannte sich mit dem Schwarzmarkt aus und wusste um die Gerüchte über menschliche Gefangene, die es vermochten, sogar in den zurückhaltendsten

Partnern Leidenschaft zu wecken. Heute Abend fand die erste legale Auktion von Menschenfrauen – von Leibeigenen – statt. Mit Sicherheit gab es viele Interessenten.

Die Frauen, die er gerade musterte, trugen lange, dunkle Kleider, eines mit Glitzer und das andere mit einem Rock, der ab der Mitte ihrer Oberschenkel durchsichtig war und ihre wohlgeformten Beine zeigte. *Nicht schlecht,* das musste er schon zugeben. Lächelnd passierte er die beiden. Die Menschenfrau in dem funkelnden Kleid fand seinen Blick, und er öffnete kurz sein Iki'i, um ihre Gefühle auf sich wirken zu lassen.

Sie war neugierig und ein bisschen nervös. Er verstand, wie sie sich fühlte. Der erste Job, für den er sich angeboten hatte, war aufregend und nervenaufreibend zugleich gewesen. Er hätte nicht glücklicher sein können, als der Auftrag zu einem Ende gekommen war. Er konnte sich kaum vorstellen, sich langfristig als Leibeigener in den Dienst einer Person zu stellen.

Er ging an ihnen vorbei und lief auf eine erhöhte Plattform zu, die von Lichtern beleuchtet wurde. Sein Magen rebellierte etwas und seine Matrix wollte sich beim Anblick in die kleinstmögliche Form zusammenziehen. Es spielte keine Rolle, wie oft er bereits vor einer Bühne gestanden hatte, der Anblick schaffte es immer wieder, ihm ein ungutes Gefühl zu geben. *Du musst dich vor niemandem enthüllen,* erinnerte er sich. Er würde seine Farbe heute nicht ändern und demnach auch nicht von seinen beschämten Eltern vom Platz geführt werden.

Niemand hier weiß, was du bist.

Dennoch setzte er sich am äußeren Rand an einen Tisch und tröstete sich damit, dass er jederzeit verschwinden konnte. Obwohl der Kaiser die Landung eines Raumschiffes auf diesem Planeten verboten und den Zugang über das Teleportationsnetz eingeschränkt hatte, war es Iroth vor einigen Tagen gelungen, ein unbemanntes, getarntes Schiff außerhalb der Stadt zu landen. Er hatte heute Abend nur das Transportnetz benutzt, um als bietender Gast dokumentiert zu werden. Seit er aber einen Job vermasselt hatte, bei dem er am Ende sechs Rotationen auf dem g'naxianischen Mond in den Elendsvierteln verbringen musste, stellte er sicher, dass er immer alternative Wege hatte, um dem Planeten zu entfliehen.

Ein Menschenmann näherte sich seinem Tisch mit einem Tablett, das dünne, hohe Gläser mit einer goldenen Flüssigkeit bereithielt. Ein zweiter Mensch bot eine Auswahl an lokalem Essen an. Um höflich zu bleiben, nahm Iroth sich von beiden Tabletts etwas und stellte alles unberührt auf den Tisch. Er hatte fremde Speisen noch nie besonders genossen, und er war ohnehin zu sehr damit beschäftigt, die menschlichen Frauen zu mustern, die sich auf einer Seite der Bühne versammelten. Jede hatte einen Vierbeiner bei sich, entweder an der Leine oder wie ein Baby auf dem Arm. Er war nicht gewarnt worden, dass diese Spezies eine Unterkunft für eine zusätzliche Lebensform benötigte, und so machte er sich eine mentale Notiz, den Preis anzuheben, wenn er die Frau zu seinem Auftraggeber brachte.

Schwanzwedelnd erhob sich ein kleiner weißer Vier- beiner und platzierte die Vorderpfoten an dem Bein der Menschenfrau, die seine Leine in der Hand hielt. Das Tier erinnerte ihn an ein *Nezumi*-Baby, das er als Kind gefunden hatte – eine flauschige Kreatur mit einem Stummelschwanz und langen Schlappohren. Es hatte sich in dem Raumschiff in einem Rohr versteckt. Die meisten Bewohner betrachteten die Kreaturen als Schädlinge, und die ärmeren Familien auf der Station jagten und aßen sie. Aber er hatte das Tier in seine Tasche gesteckt, mit nachhause genommen und es mit Nahrung gefüttert, das er vom Esstisch geschmuggelt hatte. Es hatte nicht lange gedauert, bis sein Vater dahintergekommen war. Noch am selben Abend hatten sie *Nezumi-*Suppe gegessen.

Iroth schüttelte die Erinnerung ab und konzentrierte sich wieder auf die Menschenfrauen. Jetzt war nicht die Zeit, die dunklen Gedanken gewinnen zu lassen.

Eine schwarzhaarige Schönheit in einem ärmellosen burgunderroten Kleid fiel ihm ins Auge. Der Stoff schimmerte, ohne zu sehr aufzufallen, und mit den geschichteten Lagen am Bustier und dem simplen Rock, der ihre Hüften und ihre Beine umspielte, war sie eine wahre Augenweide. Ihre wunderschöne goldbraune Haut erinnerte ihn an poliertes *Amai-*Holz und er fragte sich, ob sie auch so süß roch.

Der Vierbeiner an ihrer Leine zeichnete sich durch dickes rotschwarzes Fell und eine weiße Halskrause aus, die bis zu den Vorderbeinen reichte. Das Maul des Tieres hing offen. Es schien zu lächeln, und obwohl sein Iki'i abgeschirmt war, konnte er sehen, wie sehr das Wesen seine Menschenfrau verehrte.

Biete auf sie, drängte eine Stimme in ihm. Er stellte sich vor, wie sie auf den seidenen Laken seines Bettes ausgebreitet aussehen würde, mit glasigen Augen und der Sehnsucht nach seiner nächsten Berührung. Nur war er nicht hier, um sich selbst eine Leibeigene zu kaufen. Sein Klient wollte Zuchtvieh, und die Frau im burgunderroten Kleid hatte Besseres verdient. Er zwang seinen Blick weg und begutachtete die anderen Frauen.

In dem Moment gingen die Lichter aus, und die Auktion begann mit der dröhnenden Stimme eines Auktionators, der Informationen zu schnell wiedergab, als dass sein Universalübersetzer sie verarbeiten konnte. Auf der Bühne erschienen Scheinwerfer, und die Frauen liefen mit ihren Haustieren in einer Reihe über die Plattform und führten einen einstudierten Gang auf, der von einer lebhaften Melodie begleitet wurde. Dann zogen sie sich an die Seitenlinie zurück.

Iroth faltete seine Hände in seinem Schoß und beobachtete, wie die Frauen einzeln präsentiert wurden. Die ersten beiden ließ er gehen, ohne auf sie zu bieten. Die Gäste überboten sich und die Preise schossen in die Höhe. Iroths Klient hatte eine großzügige Zulage für die Auktion zur Verfügung gestellt und zu ihm gemeint, dass Iroth behalten könnte, was er nicht ausgab. Die Gebote machten jedoch den Anschein, dass er den ganzen Betrag brauchen würde. *Ein weiterer Grund dafür, für das Haustier einen Aufpreis zu berechnen.*

Seufzend bot er auf die nächste Frau und verlor. Er gewann schließlich eine kleine Frau in einem rosa Kleid. Ihr Name war Susan, mit üppigen Kurven und perfekten weißen Zähnen. Sie sprang die Bühnenstufen hinunter, gefolgt von einem schwarzen Vierbeiner mit Schlappohren und einem langen Schwanz. Das Tier kam direkt auf ihn zu und legte den Kopf auf seinen Schoß, während die Menschenfrau eine große grüne Flasche und zwei leere Gläser auf den Tisch stellte. „Ish fremmich, zeze gennzuln!"

Er blinzelte und versuchte, ihre Worte zu entziffern, während er die Schnauze des Vierbeiners von seinem Schritt schob. Der verdammte Universalübersetzer schien ein paar Probleme zu haben. Er schaute sich um und stellte sicher, dass alle anwesenden Kirenaianer anderweitig beschäftigt waren. Dann öffnete er sein Iki'i, in der Hoffnung, dass er dadurch etwas von ihren Worten interpretieren konnte. Sie war freundlich und schien ihre Leibeigenschaft beginnen zu wollen, indem sie ihm einen Drink servierte.

Er lächelte und nickte.

Sie stellte die Flasche ab, zog den Stuhl neben ihm heraus und setzte sich so nah neben ihn, dass ihr Ellbogen seinen berührte. Ihr Tier lag mittlerweile unter dem Tisch, heißer Atem wehte gegen seine Schienbeine. Jetzt, da er sich eine Frau gesichert hatte, war er bereit, von hier zu verschwinden. Leider würde er zu viel Aufmerksamkeit auf sich ziehen, wenn er sich vor dem Ende der Auktion verzog. Also lächelte und nickte er, während die Menschenfrau Worte vor sich hinplapperte, die er nicht verstand.

Auf der Bühne erschien die Frau in dem burgunderroten Kleid. Von dem Todesgriff um die Leine waren ihre Fingerknöchel weiß angelaufen. Das Tier schien ihre Stimmung zu spüren und stupste mit der Schnauze gegen ihre Wade, um sie nach vorn zu treiben. Seine Wertschätzung für das vierbeinige Wesen wuchs.

Sie platzierte sich in der Mitte der Bühne und dann begannen zwei Kirenaianer und ein Khargalaner einen Bieterkrieg um ihren Vertrag als Leibeigene. Er schaffte es kaum, sich vom Mitmachen abzuhalten. Was sollte er schließlich mit einer zweiten Frau? Nach ein paar Geboten erklärte der Auktionator einen Kirenaianer zum Gewinner, und die Frau nahm die Treppe von der Bühne, um sich dem neuen Besitzer ihres Vertrages vorzustellen. Eifersucht glühte in Iroths Magen.

Die Frau, die er gekauft hatte, stieß ihm gegen den Arm. Er drehte den Kopf, fand ihren Blick, und sein Mund kollidierte mit etwas, das eine klebrige Paste auf seinen Lippen hinterließ. Er zog sich instinktiv zurück und erkannte, dass sie eine essbare, braune Scheibe hielt, auf der eine blasse, cremige Substanz zu finden war.

„Sori." Sie verzog das Gesicht, schob das Ding in ihren Mund und kaute. „Is' gud", sagte sie mit vollem Mund.

Sie pulsierte vor Nervosität und gab ihr Bestes, seine Zuneigung zu gewinnen. Er leckte sich die Reste von den Lippen. Der Geschmack war nicht unangenehm, süß mit einem Hauch von Öl. Ihre Erleichterung erreichte ihn, und sie lächelte und hob erwartungsvoll ihr Glas. Er griff nach seinem und sie stießen mit den Gläsern zusammen, bevor sie einen großzügigen Schluck nahm. Er kostete von dem sprudelnden Alkohol und fand den Geschmack akzeptabel, obwohl er Tee bevorzugte.

Die Auktion endete mit einer Frau, die für einen exorbitanten Preis ersteigert wurde. Die Menschenfrau näherte sich der Treppe unter ohrenbetäubendem Applaus. Nachdem sich alle wieder beruhigt hatten, stimmte die Band eine lebhafte Melodie an.

„Ick leeb dis zong! Tancen?" Ohne auf seine Antwort zu warten, packte die Frau seine Hand und zog ihn zu einer Grasfläche, wo sich zwei Paare bereits zur Musik bewegten.

Er erinnerte sich daran, dass dies wahrscheinlich der letzte Abend war, den die Frau jemals auf ihrem Heimatplaneten verbringen würde, und so ließ er sich von ihr durch einige rhythmische Schritte führen.

Plötzlich war ein Schrei zu hören, der sogar die laute Musik übertönte.

Iroth wirbelte herum und sah, wie eine Frau entsetzt von ihrem Stuhl aufsprang.

Am Tisch neben ihr wollte sich ein Kirenaianer erheben, doch sein ganzer Körper bebte, und in der nächsten Sekunde fiel er in seinen Ruhezustand zusammen. Als Reaktion kippte eine Frau mit ihrem Stuhl nach hinten.

Iroth beobachtete entsetzt die Geschehnisse. Kirenaianer zeigten ihren Ruhezustand nicht in der Öffentlichkeit. Niemals.

Die Menschen schrien und sprangen auf, ergriffen die Flucht, als ein Kirenaianer nach dem anderen seine menschenartige Gestalt verlor. Die beiden Khargalaner packten ihre Menschenfrauen und flogen mit ihnen auf die Bühne. Ein Fogarianer warf sich auf den Boden. Die zwei Kirenaianer, die neben Iroth getanzt hatten, bebten nun auch und verwandelten sich direkt vor seinen Augen in Pfützen.

Er gab die Schutzmauer um sein Iki'i vollkommen auf und suchte nach einer Erklärung. *Sind sie tot?* Seine Spezies war nicht leicht zu töten. Aber er konnte keine Emotionen wahrnehmen, keine Signatur, die von den Kirenaianern in der Nähe ausging.

Dies war ein Massaker, wie er es noch nie erlebt hatte.

Er suchte nach seiner Menschenfrau, wollte mit ihr das Weite suchen, und erkannte, dass sie nicht länger vor ihm stand. Er warf einen Blick zurück zu den Tischen. Abgesehen von ihm waren nur zwei Kirenaianer noch auf den Beinen. Der ihm am nächsten, nahm einen Schritt auf ihn zu, und Iroth spürte das fordernde Klopfen gegen seine Sinne, als der Kirenaianer nach seiner Identität suchte.

Kuzara, sein Iki'i war offen. Er schirmte es ab, aber nicht rechtzeitig, denn er nahm den Anflug der Befriedigung des Kirenaianers sehr wohl wahr.

Iroths Inneres zitterte. *Sie werden dich dafür verantwortlich machen.* Niemand vertraute einem Burendo.

Dann, zu seiner bodenlosen Erleichterung, bebte der Kirenaianer und brach wie die anderen zusammen.

Mit einem unguten Gefühl warf Iroth einen Blick auf den einzigen verbliebenen Kirenaianer, der ihn jetzt wütend anfunkelte. *Vor dem Verhör musst du verschwinden.* Er musste etwas tun. Er musste sich unter die Einheimischen mischen. Darin war er gut.

Er holte tief Luft, versiegelte sein Iki'i, entspannte seine Matrix und schloss sich dem Rest der Gefallenen an. Nur ein medizinischer Scanner konnte jetzt noch beweisen, dass er am Leben war.

Er hoffte, dass er die Chance bekommen würde, unbemerkt Reißaus zu nehmen, bevor die eigentlichen Ermittlungen begannen.

Erhältlich ab 20. Februar 2024. IROTH jetzt vorbestellen!

GLOSSARY

Ahen - eine opiatähnliche Droge.

Amai-Holz – ein goldbraunes Holz, das für seine buttrige Textur und seinen süßen Duft begehrt ist. Das Harz wird als Aphrodisiakum auf dem Planeten Hy verwendet.

Ayabe – leicht adstringierende, fermentierte Blätter, von denen Menschen denken könnten, dass sie dem Krautsalat ähneln.

Bacca – ein Spiel, das dem Discgolf ähnelt.

Burendo – ein Kirenaianer, der ein Meister im Gestaltwandeln ist, und nicht nur die Form anderer Arten, sondern auch die Färbung annehmen kann.

Fogarianer – Aliens mit roten Haaren und Koteletten. Sie leben auf einem felsigen, von Bergen dominierten Planeten.

G'naxianer – eine Spezies, die Licht verwendet, um Anziehungskraft und Erregung zu kommunizieren. Zudem sind sie für ihre symbiotische Beziehung zu einem achtbeinigen Insektoid bekannt.

Hageraner – ein kahlköpfiges, großäugiges Alien, das den berühmten, grauen Aliens aus den irdischen Geschichten ähnelt.

Happa-Bäume – blaue Wedel, die an Palmen erinnern.

Hypawa – Spezies mit magmafarbenen Augen.

Ijin'enen – vierbeiniges Herdentier, das für Fleisch aufgezogen und für seine Dummheit bekannt ist.

Iki'i – empathische Macht.

Irn – eine Maßeinheit. Ein *Irn* entspricht eine Umdrehung Kirenais um seinen Mutterstern.

Itoshi – Kosename. Bedeutung: Liebling.

Jiro – eine Maßeinheit, die etwa zwei Erdstunden entspricht.

K'ogai – die Stadt in der Nähe des Palastes auf Kirenai Prime.

Kazhitu – Nüsse, die wie Sticky Buns (ein Gebäck) aussehen, wenn sie gebacken werden. Reich an Zucker, schmeckt buttrig und fruchtig.

Khargalaner – graue, gehörnte Aliens mit steinartiger Haut und Flügeln, die vom Planeten Duras stammen.

Khensei – ein Toxin, das Kirenaianer in ihren Ruhezustand schickt.

Kikajiru – Kosename. Bedeutung: positive Ablenkung.

Kirenai Prime – der Heimatplanet der Kirenaianer. Lila und blau mit wirbelnden weißen Wolken.

Klenaner – Aliens, die per Duft kommunizieren.

Kuro – eine Art bitterer, sehr schwarzer Tee.

Kuzara – Kraftausdruck. Bedeutung: Scheiße, verdammt.

Kryillianischer Todesschwarm – winzige insektoide Kreaturen, die einen Mann innerhalb von Sekunden töten können, indem sie sein Blut aussaugen.

Matrix/Zellmatrix – Begriff für die Zellmasse eines Kirenaianers.

Nezumi – ein kleines, flauschiges Tier mit einem Stummelschwanz und Schlappohren, das auf den meisten Raumstationen zu finden ist.

Nilga-Holz – ein Baum, der zur Herstellung von Harz verwendet wird.

Oritsu – ein Ausdruck von Ehrfurcht.

Popotan – die Pflanze, die verwendet wird, um Raumschiffe auszukleiden. Sie liefert Sauerstoff, recycelt Wasser, ist sehr beständig gegen Strahlung und kann sich bei Beschädigung regenerieren.

Qalqaner – eine Spezies, die für ihre Heiler bekannt ist. Gute Manieren am Krankenbett aufgrund ihrer Widerstandsfähigkeit gegen emotionale Schwankungen.

Ruhezustand/-form – die amorphe Form eines Kirenaianers, ähnlich zu der Nacktheit des Menschen, wird nur der Familie oder Freunden offenbart.

Senburu – galaktische Händler, die sich der Herrschaft des Kaisers widersetzen.

Sireta Prime – ein beliebter Partyplanet.

Supo-Stoff – intelligenter Stoff für Kleidung, der keine Knöpfe oder Reißverschlüsse benötigt.

Teozhisa – ein blasenförmiges Transportmittel.

Tolonovone – ein Gerät, das beleuchtete Markierungen auf der Haut erzeugt. Wird von G'naxianern als Teil ihrer Paarungsrituale verwendet.

Ukimi-Eiscreme – beliebtes Dessert mit einem Geschmack, der an Minze erinnert.

Vatosanganer – Spezies mit Alabasterhaut und blaugrünen Haaren, die dazu neigen, stämmig oder vollschlank zu sein. Ihr Heimatplanet heißt Vatosang.

Zhinku-Unkraut – häufig in den Popotan-Feldern zu finden.

INFOBLATT
KIRENAIANER

Kirenaianer sind eine ausschließlich männliche Gestaltwandlerart mit einer natürlichen Form (Ruhezustand) wie eine Amöbe. Zumeist nehmen sie eine zweibeinige Form an, um mit fremden Arten zu interagieren. Bis zur Entdeckung des Menschen benötigten Kirenaianer einen dauerhaften Gefährtenbund mit einer Frau einer anderen Spezies, um Nachkommen zu zeugen. Alle kirenaianischen Merkmale sind dominant und befinden sich auf dem Y-Chromosom; männliche Nachkommen werden als reine Kirenaianer geboren, während weibliche Nachkommen der Spezies der Mutter angehören.

Die Geburtenraten sind historisch niedrig, und im Laufe der Zeit schrumpfte die Bevölkerung.

Menschenfrauen erwiesen sich als außerordentlich empfänglich für die Imprägnation und benötigen keinen Gefährtenbund, um schwanger zu werden. Dies hat die Erde zu einem Ziel für Sklavenhändler gemacht, und der Kaiser versucht, die Bevölkerung der Erde zu schützen.

Unabhängig von der Form, in der sich ein Kirenaianer befindet, kann er stets an seiner Haut- und Haarfarbe identifiziert werden. Der häufigste Farbton ist Blau, obwohl die Farben von Mintgrün bis Lavendel reichen können. Nur wenige, Burendo genannt, können eine Färbung außerhalb dieses Bereichs annehmen. Kirenaianisches Blut ist klar oder leicht milchig, es sei denn, es ist infiziert, dann zeigt es sich in einem strahlenden Weiß.

Alle Kirenaianer haben empathische Fähigkeiten. Sie nennen es *Iki'i*. So können sie von ihrem Gegenüber Emotionen und Wünsche deuten. Zudem sind sie damit in der Lage, Individuen innerhalb ihrer eigenen Spezies – unabhängig von ihrer Form – zu identifizieren. Diese Fähigkeit ist das Einzige, das manchmal an weibliche Nachkommen weitergegeben wird. Die Fähigkeit macht auch die Art als Ganzes zu vollendeten Liebhabern, weil sie Maßnahmen ergreifen und bestimmte Attribute anpassen können, um dem Partner zu gefallen. Als gebundene Partner nehmen sie eine dauerhafte Form an, die speziell auf ihre Gefährten abgestimmt ist; selten können sie sich nach dem Schließen des Bundes in eine andere Form verwandeln.

Die durchschnittliche Lebensdauer der Kirenaianer beträgt etwa achthundert Erdenjahre. Wenn ein Gefährtenbund gebildet wird, überträgt ein Kirenaianer einen kleinen genetischen Marker an seine Gefährtin, der den Alterungsprozess verlangsamt und dem Partner eine Lebenserwartung gibt, die zu seiner eigenen passt.

Andere galaktische Spezies

Qalqaner – eine rosa, eidechsenähnliche Spezies, die von Natur aus medizinisch versiert ist. Sie haben mehr als zwei Geschlechter und ändern es mit zunehmendem Alter, was die Fortpflanzung ziemlich komplex macht. Es bedeutet auch, dass sie sich selten mit Kirenaianern paaren. Darüber hinaus sind ihre Emotionen für Fremde schwer zu deuten und für das kirenaianische *Iki'i* unlesbar.

Hypawaner – eine Spezies mit großen, ausdrucksstarken Augen, glatter, leuchtender Haut und üppigem Haar auf ihren Köpfen; von vielen als die schönste Alien-Art der Galaxie angesehen. Ihre Herkunft ist ein Rätsel – selbst ihre vermeintliche

Herkunftswelt scheint nicht ihre Heimatwelt zu sein. Ihre Wirtschaft ist auf Tourismus und Unterhaltung angewiesen.

G'naxianer – eine stachelige, wanzenähnliche Spezies, die in einer Vielzahl von Atmosphären atmen kann. Biologisch neigen sie dazu, Händler zu sein und verfügen über Sinne, die sie durch den Hyperraum navigieren lassen. Sie verwenden Licht, um Anziehung und Erregung zu kommunizieren. Die Weibchen haben eine symbiotische Beziehung zu einem achtbeinigen Insektoiden, das Tau absondert, mit dem g'naxianische Nachkommen gefüttert werden.

Khargalaner – eine gehörnte, grauhäutige Spezies, die in einen winterschlafähnlichen Zustand eintreten kann, in dem ihr Körper versteinert. Die Anzahl der Hörner gibt die Menge an königlichem Blut in ihnen wieder. Nichts ist ihnen wichtiger als Ehre. Sie haben Flügel und Klauen und ähneln Wasserspeiern der Erdmythologie. Ihr Ursprungsplanet ist eine karge Welt mit zwei Monden, bekannt für einige ungewöhnliche Erzvorkommen und relativ wenige Lebensformen.

Fogarianer – eine kräftige, dickhäutige Spezies mit purpurroten Haaren, Klauen und Reißzähnen. Sie stammen von einem Planeten mit hoher Schwerkraft, der reich an kristallinen Edelsteinen ist, und zeichnen sich beim Graben aus. Die Weibchen tragen in der Regel zwei bis vier Nachkommen gleichzeitig aus und sind daher bevorzugte Gefährten für Kirenaianer. Fogarianer neigen dazu, sehr unkompliziert zu sein und ihre Versprechen zu halten, auch wenn es den Tod bedeutet.

Vatosanganer – eine kleine, zierliche Alien-Art mit Alabasterhaut, runden Zügen und blauem bis schwarzem Haar. Da sie die Spezies sind, die sich am häufigsten mit Kirenaianern paart, wird oft behauptet, dass sie das galaktische Imperium hinter den Kulissen kontrollieren. Sie streben jedes Bündnis, jede Technologie, jeden Vorteil an, von dem sie profitieren können, und ihre derzeitige Regierung ist eine Meritokratie.

Klenaner – eine grünhäutige, humanoide Spezies mit Augen an ausfahrbaren Stielen. Ihre Zungen können als Gliedmaßen fungieren und sie haben die Fähigkeit, einem breiten Temperaturbereich standzuhalten. Sie sind Aasfresser und können einige ihrer Körpersekrete zu verschiedenen nützlichen Substanzen modifizieren.

Hageraner – kurze, kahle, grauhäutige Aliens mit großen Köpfen und großen Augen. Sie waren die ersten Außerirdischen, die mit Menschen Kontakt aufgenommen haben. Obwohl ihre dürre Körper es nicht nahelegen, lieben sie jegliche Form der Nahrung und ihre Küche ist spektakulär. Ein vergangener Krieg löschte ihre Heimatwelt aus, und sie leben heute verstreut unter den anderen Spezies, zumeist in einer dienenden Stellung.

Sheeghraner – nicht fortgeschritten genug, um in das *Galaktische Konsortium* aufgenommen zu werden. Eine matriarchalische, frettchenartige Spezies, die auf dem Singing Planet beheimatet ist. Bekannt für Hypersexualität halten die Weibchen einen konstanten Schwangerschaftszustand aufrecht, um einen einheimischen Parasiten namens Gloor abzuwehren. Jede Frau, die sich weigert oder nicht schwanger werden kann, wird getötet. Die Männer bestimmen anhand des Ranges die Größe und Farbe ihrer Phalli.

Menschen – neuestes Mitglied des *Galaktischen Konsortiums*. Diese zweibeinige Spezies hat sich noch nicht für eine allgemeine Sprache, Kultur oder Erscheinung entscheiden können. Die Hauttöne variieren zwischen Alabasterweiß über Braun bis hin zu Schwarz. Die Frauen sind in der Lage, sich mit vielen anderen Spezies in der gesamten Galaxie fortzupflanzen, und sind dadurch zu einem Ziel für den illegalen Sklavenhandel avanciert.

ÜBER DIE AUTORIN

Vor langer, langer Zeit habe ich es mir in den Kopf gesetzt, biomedizinische Technikerin zu werden. Das Aufschneiden von Laborratten führt allerdings selten zu einem glücklichen Ende, wie man es aus Büchern kennt. Jetzt vermische ich meine Begeisterung für die Wissenschaft mit charakterorientierter Romance und einem garantierten Happy End. Meine Monster finden immer ihre Gefährten, in Geschichten mit temperamentvollen Protagonistinnen, gequälten Helden und einer guten Portion Erotik. Ich verspreche Dir, meine Geschichten werden Dich nicht hängen lassen. (Obwohl es natürlich passieren kann, dass Du danach noch mehr willst!)

Wenn ich nicht schreibe, dann findest Du mich im Garten oder in der Küche, auf Erkundung durch Alaska mit meinem Ehemann oder bei der Vorbereitung auf eine Zombie-Apokalypse. Ich liebe Wein und Apple Cider. Und auch wenn ich nur ein bescheidenes Talent dafür besitze, genieße ich es, zu häkeln.

BÜCHER VON TAMSIN LEY

Gefährten für Monster

Der Kuss des Meermannes

Die Mission des Meermannes

Eine Meerjungfrau mit Herz

Eine Braut für den Zentauren

Alphas in Alaska

Adrians Gefährtin

Keplers Wölfin

Elias' Geheimnis

Ashs Wildfang

Versteigert an die Aliens

Arazhi: Eine SciFi Alien Romanze

Zhiruto: Eine SciFi Alien Romanze

Iroth: Eine SciFi Alien Romanze